OLTRE LA CREPA NEL MARCIAPIEDE

MARYANN MILLER

Traduzione di
CRISTINA BORGOMEO

A mia figlia Cindy, che ama le storie tanto quanto me.

NOTA DELL'AUTORE

Ho scritto racconti per la maggior parte della mia vita, e tre di quelli inclusi in questa raccolta sono stati scritti alcuni anni fa; altri più recentemente. La maggior parte dei racconti esplora qualche aspetto del vivere, dell'amare e del morire, che per me sono tre elementi che definiscono la nostra esistenza umana per molti versi. Una storia, *Attraversare la soglia*, non si adatta proprio a questo stampo ed è stata scritta quando la mia musa ha suggerito qualcosa che fosse sulla falsariga di una storia di "Ai confini della realtà". In *Ritorno*, un padre e un figlio cercano di riconciliare una relazione fratturata, come fanno una madre e una figlia in *Crescere*. La storia dal titolo, *Oltre la crepa nel marciapiede,* guarda ai senzatetto dagli occhi di giovani adolescenti. Spero che vi piaccia incontrare questi personaggi molto diversi e dare uno sguardo alle loro vite disparate. Alla fine della lettura, sarebbe un grande onore se lasciaste una breve recensione su Amazon.

Grazie,
Maryann

INDICE

RITORNO

CON UN ROMBO basso e costante, l'ultimo treno notturno
uscì dalla stazione e si avviò lungo i binari. Ora la stazione era
deserta, tranne che per un uomo solo che stava in piedi a
fumare una sigaretta e a fissare il treno mentre le luci dei vagoni
passeggeri scivolavano nell'oscurità. Mike era sempre stupito
che il breve viaggio in treno di due ore da Dallas potesse essere
così simile a un salto indietro nel tempo. Da un momento
all'altro si aspettava che un gruppo di fuorilegge sbucasse dalla
notte su cavalli al galoppo e fermasse il treno prima che sparisse
dalla vista. L'ambientazione faceva molto Vecchio West, e si
ricordava persino di quando una compagnia cinematografica
aveva filmato un assalto al treno proprio lì, nei primi anni
Sessanta.

Era stata un'eternità fa.

Adesso era il quattordici aprile 1970 e Mike O'Leary era
appena tornato dal Vietnam. Il giovane ragazzo eccitato che
aveva assistito alle riprese di quel western era un lontano
ricordo. Ed era molto lontano dal ragazzo che aveva ascoltato

suo padre parlare del suo ritorno dalla Big One. Così definiva sempre la Seconda guerra mondiale, la "Big One".

"È stata ciò che ha reso ogni uomo un eroe", diceva suo padre, dandogli una pacca sulla schiena con grande spavalderia. "Ragazzi, ricordo ancora le folle acclamanti quando la nave delle truppe attraccò. E la grande parata cittadina. E tutta l'eccitazione. Tutta quella gente che applaudiva e salutava per mostrare quanto apprezzasse quello che facevamo per loro".

A Mike era sempre piaciuto ascoltare quelle storie, ma per lui erano solo questo. Storie. Non erano più reali dei libri d'avventura che leggeva, e non ci aveva pensato per anni. Fino al suo ritorno a casa.

Non c'erano parate. Nessuna folla acclamante. Nemmeno una faccia amica quando era sceso dall'aereo all'aeroporto internazionale di Los Angeles. La gente dava un'occhiata alla sua uniforme e si girava dall'altra parte. Alcuni con disgusto e altri semplicemente allontanandosi, proprio come fanno alcune persone quando guardano un bambino. Nessuno lo aveva salutato, o gli aveva stretto la mano, o gli aveva detto una parola gentile mentre attraversava mezzo mondo per tornare a casa.

Voleva gridare loro: "Guardatemi! Parlate con me! Fatemi credere che tutte quelle vite non sono state sprecate laggiù in quella giungla. Fatemi credere in qualcosa, qualsiasi cosa... in me stesso".

Ma non gridò. Continuò semplicemente il suo viaggio solitario verso casa, un uomo arrabbiato, amareggiato e disilluso che non riusciva a decidere dove dirigere la sua rabbia.

Avrebbe dovuto essere arrabbiato per l'ironico scherzo del destino che gli aveva sempre impedito di essere all'altezza di suo padre? Quello stesso ironico scherzo del destino, che aveva reso la sua guerra priva di tutta la chiarezza di scopo di cui aveva goduto la guerra di suo padre. O doveva essere disilluso con le persone che avevano stabilito gli standard con cui si misuravano gli uomini? O con se stesso perché trovava ancora così difficile difendere l'uomo che era, cercando ancora così tanto di essere l'uomo che suo padre aveva sempre voluto che fosse?

O doveva essere amareggiato per il colpo di fortuna che lo aveva portato a superare indenne diciotto mesi di combattimento, mentre intorno a lui uomini buoni e rispettabili lasciavano le loro vite e il loro sangue su quel campo di battaglia? Forse i ragazzi che sono morti laggiù erano quelli fortunati, dopo tutto. Non c'erano sopravvissuti alla guerra. Solo uomini che tornavano a casa con un'uniforme, invece che in un sacco di plastica verde.

Mike sapeva che suo padre sarebbe stato orgoglioso del suo curriculum di guerra e delle medaglie nelle scatole nere, nascoste nel suo borsone. Due pezzi d'argento che testimoniavano silenziosamente il suo coraggio e la sua virilità. Ma suo padre avrebbe capito la realtà della paura che gli attanagliava le budella e la tremante incertezza che negava quella virilità?

O forse avrebbe dovuto essere amareggiato per la sua relazione con John che lo aveva sostenuto attraverso tutto questo, rivelando una parte di sé che Mike aveva accuratamente negato dal giorno in cui aveva quindici anni?

Mentre Mike stava lì a respirare profondamente l'aria fresca e pulita, sapeva quasi istintivamente che il sottile brandello di relazione che li legava insieme, padre e figlio, era in bilico in questo ritorno a casa.

Spense la sigaretta sulle vecchie e scricchiolanti assi della piattaforma, si caricò il borsone sulle spalle larghe e si diresse verso la stazione. Quando si avvicinò, riconobbe il pick-up malconcio parcheggiato di fronte. Era lo stesso mucchio di metallo arrugginito e ammaccato che per anni aveva portato lui e i suoi amici in giro per la città delle mucche di Comanche. Poi Mike scorse la figura di un uomo appoggiato con disinvoltura alla fiancata del fuoristrada. Non poteva sbagliarsi nemmeno su quell'uomo. Anche nell'oscurità, Mike riconobbe la potente presenza di Tom O'Leary.

L'uomo, più anziano, con indosso Levi's, Stetson e stivali, si alzò fino a raggiungere il suo imponente metro e ottanta, mentre guardava suo figlio avvicinarsi. Per un attimo non fu sicuro che fosse Mike. Era cambiato, era diventato più alto e aveva qualche muscolo in più. Tom si chiese quali orrori avessero causato le rughe sul viso di Mike. O c'era dell'altro? Era quel qualcosa di intangibile che lo turbava da tempo, un tempo più lungo di quanto riuscisse ad andare indietro con la memoria? Gli amici di Tom avevano sempre ignorato rispettosamente la mancanza di entusiasmo di Mike per le 'imprese virili', ma Tom sapeva cosa pensassero. Con questo ritorno a casa, Mike poteva dimostrare chi era una volta per tutte, e Tom sapeva di avere in gioco tanto quanto Mike.

"Mike... Mike... è così bello averti a casa", disse Tom. "Non potresti mai immaginare quanto ci siamo preoccupati per te. Come stai?"

Mike strinse la mano callosa di suo padre. "Sto bene, papà. Proprio bene".

Tom guardò a lungo suo figlio. Le occhiaie sotto gli occhi di Mike e l'infossamento delle sue guance non sfuggirono al suo accorto esame. "Davvero? Sembri terribilmente stanco e magro".

"Starò bene con un po' di riposo e del buon cibo".

"Allora è meglio andare. Getta la tua roba sul retro e sali a bordo".

I due uomini rimbalzarono lungo la strada sterrata, in silenzio. Mike percepì che suo padre era a disagio tanto quanto lui, ed esitò a invadere la privacy dell'anziano.

"Bene", disse finalmente suo padre, la sua voce roca spezzò il silenzio come una frusta. "Alcuni dei ragazzi hanno pensato che potremmo fare un barbecue, domani sera. Per festeggiare il tuo ritorno a casa e darti la possibilità di raccontarci tutto".

"È bello, papà, ma non credo di essere pronto".

"Certo. Se sei troppo stanco, possiamo rimandare a un'altra sera".

Mike esitò un momento poi disse: "Non è questo. È solo che non voglio ancora parlarne".

La fermezza nella voce di Mike fece sì che Tom frenasse la sua prossima risposta e proseguisse in silenzio.

Mentre passavano gli annessi del Ranch e si avvicinavano alla casa principale, Tom guardava tutto con orgoglio e un senso di appartenenza riempiva ogni fibra del suo essere. Era come tornare a casa dalla chiesa e mettersi gli stivali e i jeans. C'era qualcosa di appropriato, adatto e confortevole nel ranch, ed era l'unico posto in cui Tom si sentiva completamente a casa. Il suo unico rimpianto era che sua moglie, Mattie, scomparsa ormai da dieci anni, non avesse vissuto per goderselo con lui.

Mike vedeva tutto come se fosse un estraneo in visita.

La casa era proprio come la ricordava; alta e maestosa, somigliante alle enormi dimore che abbellivano le piantagioni del sud, ed era commosso da tutta quella pacifica bellezza. Ma non aveva mai pensato che fosse sua, non sentiva quel senso di appartenenza. Non come suo padre. L'unico posto che dava a Mike un senso di appartenenza era il pascolo, quando lavorava con il bestiame. Le altre cose considerate virili lo facevano sentire un estraneo.

Tom spense il motore. L'unico suono che si sentiva era il vento notturno che frusciava tra i pioppi a cui stavano appena iniziando a spuntare le foglie. Era una scena tranquilla, e nessuno dei due uomini sembrava avere fretta di entrare in casa. Rimasero seduti in silenzio per qualche istante e poi Tom si rivolse a Mike. "Se non vuoi proprio fare il barbecue, non siamo obbligati a farlo. Sei tu che decidi".

Mike lanciò un rapido sguardo a suo padre. "Davvero, papà? Decido io, davvero?"

"Certo. Ora sei un uomo e ti sei guadagnato il diritto di essere il capo di te stesso. Capisco quello che hai passato, e se vuoi qualche giorno..."

"È più di questo", disse Mike. "Non è solo la guerra".

Di nuovo, c'era una durezza nella voce di Mike che sembrava mettere in guardia Tom, ma questa volta parlò più forte: "Cosa vuoi dire?"

"Le differenze. I conflitti. Le barriere che si sono sempre frapposte tra noi".

Tom scosse la testa. "Non ho mai voluto che andasse così", disse, la sua voce dura. "Ho cercato di far funzionare le cose tra noi".

"Alcune cose non sono facili da manipolare come altre", disse Mike, attento a non alzare la voce. "Non puoi controllare la vita come fai in questo ranch".

Tom lanciò al figlio uno sguardo arrabbiato. "Dobbiamo discutere la tua prima notte a casa?"

Mike sospirò. "Non voglio litigare, papà. Non l'ho mai voluto, neanche in passato. Ma è ora che ci capiamo. L'unico modo per farlo è parlarci. Niente rabbia. Niente urla. Solo parlare".

Tom sembrò riflettere sulle parole di Mike per qualche minuto, poi scese dal fuoristrada e camminò intorno al cortile con le mani infilate nelle tasche dei jeans.

Dopo un momento, Mike scese e si avvicinò. "Potremmo almeno entrare a bere qualcosa".

"Certo, figliolo". Tom si voltò verso Mike con evidente sollievo. "Devi essere terribilmente stanco dopo tutto quel viaggio".

Tom sorrise, ma Mike notò che gli occhi del padre erano ancora turbati. Toccò leggermente una spalla dell'anziano, poi prese la sua borsa dal fuoristrada e si diresse all'interno. Portò le sue cose nella sua stanza al secondo piano. Era ancora la stessa di quando era partito, poco più di tre anni fa, e quella staticità lo fece sorridere.

Dopo una sosta in bagno, Mike tornò al piano di sotto e raggiunse suo padre nello studio. L'ampia e confortevole stanza era arredata con pesanti e ricchi mobili in pelle, e sopra il camino in pietra erano appesi dei trofei di caccia. Decisamente una stanza da uomo, dal bar ben fornito all'armadietto di quercia nell'angolo con abbastanza armi da equipaggiare una banda di buone dimensioni, se ci fossero ancora cose del genere.

Mike si sedette su una delle poltrone di fronte al camino, e Tom si avvicinò per porgergli un bicchiere con una generosa quantità di bourbon liscio. "Al tuo ritorno, sano e salvo".

Tom alzò il bicchiere e bevve un bel sorso. Poi posò il bicchiere sul tavolo, si sedette di fronte a Mike e prese un sigaro dall'umidificatore.

"Non c'è niente al mondo come un buon bourbon del Kentucky e un buon sigaro".

Tom tagliò l'estremità del sigaro e lo assaggiò. Spinse la scatola verso Mike. "Ne vuoi uno?"

"No grazie, continuerò con le sigarette". Mike si mosse sulla poltrona, desiderando di potersi sentire più a suo agio nella stanza, ma non gli era mai piaciuta. Tutto era troppo grande e troppo opprimente, ma sembrava adattarsi a suo padre. Mentre l'uomo sistemava le bevande e preparava il suo sigaro, era come se l'essenza stessa della stanza si infiltrasse in lui e lo rendesse una persona intera.

La voce di Tom fece trasalire Mike dalla sua contemplazione. "Hai qualche piano, adesso?"

"Niente di definitivo. Vorrei dare una mano qui intorno per un po'. E poi decidere cosa voglio fare".

"Di sicuro ci farebbe comodo una mano in più, in questo momento". Tom si alzò e portò i loro bicchieri al bar per riempirli. "Dobbiamo portare i vitelli per la marchiatura a fuoco".

"Sapevo che era giunto il momento. Ecco perché ho pensato di restare nei paraggi per un po'".

"Ad essere onesti, speravo che rimanessi nei paraggi molto più a lungo di un po'".

"Lo so", disse Mike, accettando il bicchiere da suo padre. "Ma non sono sicuro che questo sia il mio posto...".

"Diavolo! Non è una questione di appartenenza. Questo ranch è tanto tuo quanto mio".

Mike distolse lo sguardo senza rispondere.

I secondi passarono in un silenzio inquieto, poi Tom chiese: "Allora cos'è che vuoi fare?"

"Davvero non lo so". Mike sospirò e diede un'occhiata a suo padre. "Ho solo bisogno di tempo per sistemare tutto quello che è successo".

"Non voglio pressarti, ma..."

"Allora non farlo, papà, per favore". La smorfia era tornata sul volto di Mike, e il taglio netto nel suo tono invitò Tom a fare marcia indietro.

"Ok", disse Tom con uno sforzo di giovialità. "Non insisterò più. Possiamo parlarne più avanti. Quando sarai pronto. Per ora, ringraziamo solo che sei a casa".

Tom alzò il suo bicchiere in segno di saluto, e i due uomini finirono i loro drink. Poi Mike si alzò e portò il suo bicchiere vuoto al bar. "Sono distrutto. Penso che andrò a letto".

Per diverse settimane, Mike cercò letteralmente di perdersi nel lavoro. Andò a cavallo con i braccianti durante il raduno di primavera, e fece più della sua parte nella marchiatura.

Questa era la parte della vita nel ranch che Mike aveva sempre apprezzato: il lavoro. Non c'era niente di meglio che stare all'aperto con il sole che gli batteva addosso e il forte odore di animali, di cavalli e mucche, che permeava l'aria. Gli piaceva la sensazione di un buon cavallo che lavorava con lui come un tutt'uno, tagliando e tirando, e la brezza leggera che asciugava il sudore che si accumulava su entrambi. E gli piaceva come il suo corpo rispondeva alle sue richieste. Non gli dispiaceva nemmeno la rigidità e l'indolenzimento dei suoi muscoli alla fine della giornata. Era in qualche modo molto soddisfacente. Aveva spesso pensato che se avesse potuto essere solo un bracciante, si sarebbe sentito molto a suo agio lì.

Essendo solo un altro cowboy, non avrebbe dovuto sforzarsi tanto per dimenticare quell'unico difetto di base che lo separava da tutti gli altri uomini. Poteva semplicemente andare alla deriva da un posto all'altro. Nessuno avrebbe dovuto saperlo. E se la verità fosse venuta fuori, non avrebbe avuto importanza, avrebbe potuto semplicemente andare avanti. Ma ora, non voleva andare avanti. Voleva restare. Trovare un modo per far funzionare le cose.

Mike desiderava che sua madre fosse ancora viva. Qualcosa nel profondo gli diceva che lei avrebbe capito, era stata l'unica persona al mondo con abbastanza influenza da costringere suo padre ad essere ragionevole su alcune cose. Ma lei non c'era più, e non aveva senso desiderare. Se desiderare significasse qualcosa, poteva semplicemente desiderare che tutto finisse.

Una sera, mentre sedeva fuori da solo, ad ascoltare il vento che soffiava attraverso un gruppo di pini, cogliendo un occasionale ululato di un coyote lontano, Mike si rese conto che doveva smettere di pensare a cosa fare e farlo. Dirlo a suo padre e sperare per il meglio. Nelle ultime settimane, aveva cominciato a sentire un'affinità con il ranch che non aveva mai sperimentato prima, e pensava per la prima volta in vita sua che avrebbe potuto restare lì a lungo. Se solo suo padre avesse potuto accettarlo.

Diversi giorni dopo, Mike guardò attraverso la porta aperta della tana di suo padre e lo vide seduto alla massiccia scrivania di quercia, mentre faceva precise annotazioni in un libro mastro.

"Papà", disse Mike muovendo un paio di passi incerti nella stanza. "Hai da fare?"

"Mai troppo occupato". Tom chiuse il libro mastro e si avvicinò al bar. "Vuoi qualcosa da bere?"

"Certo. Bourbon".

Tom versò le bevande, porse un bicchiere a Mike e si sedette. "È una buona annata. I numeri sono in crescita".

"Mi fa piacere sentirlo". Mike alzò il bicchiere.

I due uomini rimasero seduti in silenzio per qualche minuto, sorseggiando il liquido ambrato, poi Tom chiese: "A cosa stai pensando?"

"Mi hai chiesto dei miei piani. Quindi, ora vorrei dirteli".

"Va bene, sentiamo".

Mike bevve un lungo sorso del suo drink, poi disse: "Voglio restare qui al ranch".

"Beh, figliolo, questo mi rende molto felice".

"So di averti reso le cose difficili in passato. Ho sempre parlato come se volessi andarmene, per sempre. Ma ora so che non c'è altro posto dove vorrei essere. Anche se non sarò mai il tipo di allevatore che sei tu".

Tom alzò il bicchiere. "Quello verrà col tempo, Mike".

"No, papà. Non succederà. Siamo due persone diverse. È ora che entrambi lo accettiamo". Mike agitò il liquido ambrato nel suo bicchiere. "Ho imparato qualcosa su me stesso, negli ultimi tre anni". Fece una pausa e prese fiato, poi continuò. "Non posso aspettarmi che tu lo capisca o lo accetti. Anch'io faccio ancora fatica ad accettarlo".

Mike esitò di nuovo, il silenzio incombeva sulla stanza come nuvole pesanti prima di una tempesta. Tom si avvicinò al bar e versò un altro drink, parte del liquido fuoriuscì dal bordo. Osservandolo, Mike vide che la compostezza di suo padre stava scivolando via. Le sue mani tremavano mentre portava il bicchiere alle labbra. Rimase lì, come se stesse prendendo le distanze da quello che Mike avrebbe potuto dire. Lo sapeva già?

Mike quasi perse il coraggio. Forse sarebbe stato meglio non dirlo. Poteva sopportare di vedere quella torre di orgoglio sgretolarsi davanti ai suoi occhi? Uno dei due sarebbe stato una persona completa dopo? Sentì la rabbia crescere in lui come era successo mille volte prima. Voleva che tutto questo sparisse. Che diventasse un incubo da cui potersi svegliare. Così non avrebbe dovuto soffrire questa agonia o infliggerla a qualcun altro.

"Dio!" Mike lanciò il suo bicchiere contro il camino dove si schiantò in un milione di pezzi, schegge di vetro sfrecciarono sulle grandi pietre grigie del focolare.

Tom si voltò e si mise di fronte a Mike. "Cosa c'è di così terribile da non poterlo dire?"

Mike ricambiò lo sguardo fisso di suo padre, e pensò che quella poteva essere l'ultima volta che suo padre lo avrebbe guardato con un po' di orgoglio. Passò un minuto intero prima che potesse parlare. Senza abbassare gli occhi, disse: "Papà, non sarò mai come te. Non posso essere come te... Sono gay".

La voce di Mike uscì come un sussurro, ma Tom sentì le parole rimbombare nella sua testa come una mandria di bestiame in fuga. Voleva urlare e gridare, e scagliarsi contro le stesse parole che erano state pronunciate. La nausea gli salì in gola e per un breve istante pensò che avrebbe potuto vomitare. Non poteva essere vero. Questo era suo figlio... carne della sua carne... non poteva essere un... un...

Tom trovava impossibile dire quella parola. Lo disgustava.

Non poteva sopportare lo sguardo addolorato negli occhi di Mike, così si voltò. L'ultima volta che aveva visto quel tipo di dolore, aveva sparato al povero coyote che aveva cercato di sfuggire alle fauci d'acciaio della trappola che lo teneva prigioniero.

"Non volevo che andasse così", disse Mike con una voce stentorea, che penetrò lentamente la nebbia di disperazione che avvolgeva la coscienza di Tom "Avrei fatto di tutto per cambiare. Tornare indietro nel tempo e far emergere il figlio che hai sempre voluto. Ma non posso. Dio sa che ci ho provato. E capirò, se vuoi che me ne vada e basta".

Mike si voltò e iniziò a camminare verso la porta.

"Aspetta".

Mike si fermò, ma non si voltò.

"Non so cosa dire". La voce di Tom era soffocata dall'emozione. "Non posso crederci. Non voglio crederci".

"Nemmeno io voglio", disse Mike a bassa voce. "Continuo sempre a sperare... e a volte non mi piaccio molto. Ma comunque... eccomi qui".

Tom fissò la rigidità della schiena di suo figlio e si rese conto con un'angoscia improvvisa che lì si trovava il suo unico legame con il passato o con il futuro. Si avvicinò e mise una mano incerta sulla spalla di Mike. Poteva sentire i muscoli di Mike tendersi sotto il tessuto della camicia, mentre si teneva in rigido controllo. "Dammi solo un po' di tempo", disse Tom.

Mike annuì, senza ancora voltarsi per affrontare suo padre. "Vado su al vecchio capanno di caccia per un po'. Serve tempo a entrambi".

Tom non rispose.

"Preparo un cavallo e me ne vado domattina". Mike uscì dalla stanza senza voltarsi indietro.

Tom rimase in piedi, incapace di muovere le gambe tremanti. Le sue viscere erano vuote, e un'ondata di solitudine lo investì, più intensa di quando Mattie era morta. Ricordava ogni minuto, ogni secondo di quell'orribile giorno, e non aveva mai pensato di poter provare un'angoscia maggiore di quella.

"Oh, Mattie", disse dolcemente. "Che cosa devo fare?" Cercò di immaginare come avrebbe reagito lei, se fosse stata lì. Cosa avrebbe detto?

Dopo aver barcollato fino alla sua sedia ed esservi crollato sopra, si rese conto di quello che lei avrebbe detto. "Questo è nostro figlio, e niente può cambiarlo".

Sentì le parole chiare nella sua mente. Lo provocavano, addirittura lo sfidavano.

Tom andò verso il bar, preparò un altro drink e lo portò alla poltrona di fronte al camino. Il fuoco si era quasi spento, ma una piccola fiamma tremolava ancora con vita. Si rifletteva sui vetri rotti che sporgevano sul focolare di pietra, i frammenti scintillavano come la rugiada del mattino.

Era leggermente sorpreso di vederla così. Non era mai stato tipo da pensieri poetici. Essendo un uomo d'azione, lasciava le cose intellettuali agli uomini di libri e di cultura superiore. Ma sembrava che ci fosse un significato nascosto qui. Qualcosa che la sua mente stava cercando di dirgli. Per aiutarlo a capire che aveva una scelta. Lasciare che il rapporto si rompesse o cercare di rimetterlo insieme. Poteva trovare il coraggio di amare suo figlio ed essere ancora disgustato dalla sua omosessualità?

Ecco. L'aveva detto. Mio figlio è un omosessuale. Poteva quasi vedere Mattie che gli sorrideva.

Mise il suo drink sul tavolo, spense la luce e salì le scale buie. A metà del corridoio si fermò alla stanza di Mike, dove la porta era leggermente socchiusa. Vide suo figlio nei raggi di luna pallida che filtravano dalla finestra. Mike dormiva profondamente, e mentre Tom lo guardava agitarsi, gli venne in mente il bambino che era solito sognare fantasmi e folletti. Il bambino che correva da suo padre per essere confortato, credendo che Tom potesse scacciare i fantasmi.

Tom sapeva che lo stesso bambino era ancora dentro Mike, e Tom desiderava con tutto il cuore di poter scacciare il fantasma che ora perseguitava suo figlio. Il fantasma che li avrebbe perseguitati entrambi per molto tempo. Ma sapeva di non poterlo fare. Non poteva togliere questo problema a nessuno dei due. In qualche modo, dovevano imparare a conviverci. Avrebbero potuto passare tutta la vita a provarci, e avrebbero potuto non riuscirci, ma almeno dovevano provare. E il primo passo per Tom era proprio lì.

NON C'È TEMPO PER MORIRE

"OH, IO ... OH, BUON DIO ... OH..." I gemiti inquietanti, simili a fantasmi, riempirono la stanza, eppure non ero sicura da dove venissero. Per fermare il tumulto di pensieri torbidi, feci sì che il mio corpo restasse immobile, e il canto cessò. Da dove veniva?

La mia mente lottava in cerca di chiarezza, ma continuava a ondeggiare, strisciando nel delirio come un serpente che entra nell'oscurità della sua tana. Lo so. Me lo sto immaginando. No. Eccolo di nuovo.

"Oh, caro... no... no..." Le parole echeggiarono e riecheggiarono nell'oscurità.

Aprii gli occhi e la realtà si insinuò dolcemente. La fine era vicina, ma non era ancora il momento. Il dolore lancinante nel petto mi ricordava che ero ancora viva. In attesa. C'era una certa gioia nel dolore, ma anche una triste delusione. Sarebbe stato meglio che la cosa fosse finita.

Poi una nuvola di paura mi travolse come un'onda soffocante e chiamai l'infermiera.

Non volevo restare sola con quella paura.

———

"Dannazione", mormorò Nancy, mentre i gemiti aumentavano di volume. "Perché non sta zitta?"

Inghiottendo l'impazienza, Nancy scivolò fuori dal letto e si incamminò sul duro pavimento di piastrelle verso l'altro lato della stanza. Era la prima volta che trovava il coraggio di avvicinarsi da quando era stata ammessa. Si era detta che era per rispetto della privacy della donna, ma sapeva che non era così.

Ora, il tono urgente della voce della vecchia signora la attirava come una sirena.

La tristezza le strinse il cuore in una morsa dolorosa, mentre Nancy guardava il fragile scheletro di una persona che a malapena formava una collinetta sotto la coperta. A parte il debole alzarsi e abbassarsi di un petto delicato, la donna sembrava morta, e a Nancy, ricordava troppo la vista di sua nonna che giaceva così immobile in una bara, due anni prima. "Accidenti a te", sussurrò a orecchie che non sentivano. "Che tu sia maledetta per avermi fatto ricordare".

Volendo sfuggire al passato e al presente, Nancy si voltò, poi si fermò quando l'anziana donna mosse la mano. Un movimento leggero come un battito, come una farfalla che prende il volo, e Nancy non poté resistere all'impulso di allungare la mano.

"Emily? Sei tu?"

La voce roca ruppe il silenzio, il suono spaventò Nancy tanto quanto le parole. Chi diavolo era Emily?

Un altro sussurro la distrasse, e Nancy si voltò per vedere un'infermiera che entrava dalla porta. La donna di mezza età guardò Nancy con la stanchezza che le pizzicava il viso. "Cosa fai fuori dal letto?"

"Non riuscivo a dormire", rispose Nancy, allontanandosi

dall'infermiera. "Mi sono alzata per vedere se c'era qualcosa che potessi fare".

"Il suo medico le ha ordinato di riposare a letto". L'infermiera si infilò i guanti di lattice, poi inserì l'ago di una siringa nella flebo dell'anziana donna. "Lasci che ci occupiamo noi degli altri pazienti".

Dopo che la porta si chiuse alle spalle dell'infermiera, la stanza tornò alla sua silenziosa oscurità.

———

"Per favore non lasciarmi ... per favore non lasciarmi!" Eccolo di nuovo. Quel terribile lamento. Aprii gli occhi e cercai di determinare da dove provenisse il suono, ma niente era distinguibile tra le luci e le ombre che fluttuavano nella stanza. Tutto sembrava sospeso nel tempo, come oggetti lanciati a caso nello spazio esterno.

"Perché non sono ancora morta? Sono pronta".

L'avevo detto io?

Non lo so.

Forse.

Poi, con il successivo respiro, la nebbia si diradò e fui di nuovo acutamente consapevole del dolore. Un dolore che metteva a fuoco la realtà: la lampada opaca sul soffitto, la sedia vuota dall'altra parte della stanza, il tubo che gocciolava vita nel mio braccio, il debole sibilo dell'ossigeno che ricordava ai miei polmoni di respirare.

Sentivo il dolore tagliare in profondità, come se stesse usando un bisturi per raggiungere il nucleo del mio essere. Tra un momento il dolore sarebbe stato insopportabile. Poi avrei dovuto suonare per l'iniezione, che avrebbe portato misericordiosamente sollievo.

Senza pietà, mi avrebbe anche rimesso nella non-esistenza.

———

Suoni di angoscia riempirono la stanza, svegliando di nuovo Nancy. Rendendosi conto che il rumore proveniva dalla vecchia donna, Nancy gettò indietro le coperte e corse verso l'altro letto. Il dolore sembrava tirare la donna, scuotendo il suo fragile corpo da un lato all'altro. Nancy si aggrappò alle fragili spalle, cercando di calmare le convulsioni e combattendo la terribile paura che qualche osso fragile le si rompesse tra le mani. Ma non poteva ignorare il malessere, vero?

Nancy si voltò quando sentì la porta aprirsi di nuovo, accompagnata dai passi leggeri che si avvicinavano. Il suo cuore batteva così forte che pensò che le sarebbe potuto scoppiare nel petto mentre si faceva da parte, pronta per il rimprovero che non arrivò. L'infermiera fece silenziosamente una veloce iniezione, medicando la donna e aspettando qualche minuto che il sedativo calmasse l'agitazione, poi se ne andò.

Un leggero sospiro richiamò l'attenzione di Nancy che giaceva sul letto. Sapeva che sarebbe dovuta tornare a dormire, ma un conflitto di emozioni la tenne immobile finché la pietà ebbe la meglio. Prendendo delicatamente la mano dell'anziana donna, Nancy lisciò le rughe secche sulla pelle delicata come un vecchio merletto. Era un momento non diverso da uno degli ultimi che aveva condiviso con sua nonna, e portò un'altra ondata di tristezza. Ma non era solo per la sua perdita. In parte era per il presente, e rimase fino a quando la vecchia donna non si addormentò profondamente.

La mattina dopo, Nancy si svegliò in un silenzio benedetto e con un appuntamento in radiologia. Accolse con favore il tempo lontano dalla vecchia e la costante consapevolezza della sua situazione. Non erano affari suoi, giusto? Doveva semplicemente ignorarlo. Questo è quello che le diceva la sua testa. Ma il suo cuore continuava a ricordarle che era inconcepibile che quella donna fosse qui da sola, in questo posto.

Quando la sessione di raggi X finì, Nancy era più che pronta a passare qualche ora a letto. Era stanca di essere spinta, sondata, tinta e sbattuta intorno a un tavolo freddo e d'acciaio. Accolse anche con favore l'opportunità di rimanere nella sua stanza per poter soddisfare la sua curiosità su Emily. Se era così importante per la vecchia signora, sicuramente si sarebbe fatta viva quel giorno.

Il pomeriggio si trascinò fino a sera, e la misteriosa Emily non aveva fatto ancora la sua comparsa. Nancy si era assopita un po', ma era sicura che non le sarebbe sfuggito il disturbo di qualcuno che entrava nella stanza.

Quando l'infermiera entrò per il giro di visite, Nancy decise di chiedere della famiglia dell'anziana donna, in particolare di Emily.

"Non discutiamo degli affari dei pazienti". L'infermiera le lanciò uno sguardo sprezzante.

"Beh, continua a chiamarla. E ieri sera pensava che io fossi questa Emily". Nancy ricambiò lo sguardo con aria di sfida. "Sarebbe bello sapere chi dovrei essere, se stasera facciamo un'altra chiacchierata".

"Va bene". I toni taglienti tradivano la riluttanza. "Emily è sua figlia".

"Oh". Nancy fece una pausa per digerire quell'informazione. "Non viene a trovarla?"

"Non spesso".

"Oh". Nancy fece di nuovo una pausa. "Deve vivere piuttosto lontano".

"No. Ma lei è... beh, è impegnata. E non dirò altro". L'infermiera serrò le labbra come se una parola indisciplinata potesse sfuggire da una fessura, poi si affrettò a uscire dalla porta.

Mossa da un improvviso impeto di compassione, Nancy si alzò e andò verso l'altro letto. Quella povera vecchia, così sola e così triste. Sembrava la cosa più naturale da fare, raggiungere e toccare di nuovo la mano della donna.

"Emily? Emily? Sei tu?"

Le parole furono pronunciate in un sussurro rauco, e le lacrime salirono agli occhi di Nancy. Questo è ridicolo, pensò, ma la sua voce sfidò il suo buon senso. "Sì. Sono qui".

La pesantezza divenne un dolore nello stomaco di Nancy mentre teneva la piccola mano. Non c'era bisogno di essere un'esperta di medicina per riconoscere che l'anziana signora stava morendo, e non poteva immaginarlo in un modo più spiacevole. Questo corpo, a solo un giorno o due dall'obitorio, legato a tutti quei tubi, incoraggiava a malapena ogni nuovo battito cardiaco. Com'era stare lì, ora dopo ora, in semi-coscienza, aspettando l'ultimo respiro e chiedendosi perché non fosse ancora arrivato? O almeno la vecchia signora lo sapeva o le importava?

Basta tirare tutti i tubi. Questo è tutto ciò che servirebbe. Non sarebbe come uccidere qualcuno. Lei è già morta; il suo corpo non si è ancora adattato al concetto.

"No!" Nancy si scostò da quel pensiero sgradito e si affrettò a tornare al santuario del suo letto. Come poteva anche solo pensare una cosa del genere?

Nancy fece un buco nel mezzo del suo cuscino e si sistemò, ma il sonno non arrivò facilmente. La sua mente turbinava in un cerchio infinito di domande, e i continui richiami dall'altra parte della stanza la tormentavano.

Il dolore della vecchia donna era come un'altra entità che aveva preso residenza. Era così reale che Nancy era sicura di poterlo raggiungere e toccare. Il costante ronzio e bip della macchina per la flebo suonava come la colonna sonora di un film in attesa di un po' di dialogo per soddisfare il pubblico, ma i vaneggiamenti incoerenti della vecchia che si alzavano e si abbassavano come uccelli che giocano nel vento, non offrivano chiarezza sulla storia.

Ore dopo, Nancy cadde in un sonno agitato solo per essere svegliata da un incubo terrificante. Si toccò il viso madido di sudore per assicurarsi di non essere davvero quella vecchia che era stata braccata da persone senza volto che cercavano di sterminarla.

Nel mondo dei suoi sogni aveva corso all'impazzata in un vicolo buio, ma le creature fantasma le stavano dietro, guadagnando terreno quando il suo passo vacillava. Oh, Dio! La stavano raggiungendo. Inciampò. Cadde. Sentì il cemento freddo contro la guancia. Vide un'ondata di oscurità venire verso di lei. "Aiutatemi. Aiutatemi", gridò nel suo stordimento, e il grido riecheggiò nella buia stanza d'ospedale.

"Aiutatemi! Aiutatemi!"

Nancy si rese conto che il pianto non era più solo suo. Saltando in piedi, attraversò la stanza verso l'altro letto e guardò la vecchia donna, sorpresa di vedere chiarezza negli occhi blu sbiaditi che la guardavano.

"Chi sei tu?"

Nancy non sapeva come rispondere. Pronta a recitare di nuovo la parte di Emily, non era sicura di poter gestire quella vera. "Ehm, il mio nome è Nancy. Sono, ehm, nell'altro letto".

La vecchia signora allungò la mano e afferrò quella di Nancy con una presa sorprendentemente forte. "Per favore, Nancy", supplicò. "Devi aiutarmi".

"Beh, io, uh... Non so cosa posso fare". Nancy si allontanò dalla forza della disperazione che la stringeva.

"Per favore". La voce crepitò come il cellophane rigido. "Voglio morire. Ti prego, lasciami morire!"

Poi il momento di lucidità della vecchia donna si ripiegò come un fiore della sera, e scivolò di nuovo nell'incoscienza.

All'inizio, Nancy non era sicura di aver davvero sentito quelle parole. Forse voleva solo pensare di averle sentite. Ma nel suo cuore, lo sapeva.

Dio, cosa dovrei fare?

L'angoscia scuoteva la vecchia donna, che agitava le braccia sottili e livide contro la sponda del letto, e il cuore di Nancy batteva forte nel petto.

Ignorando le possibili conseguenze se l'infermiera fosse entrata, Nancy si sedette sul bordo del letto e raccolse la vecchia tra le braccia.

Era come trattenere l'aria.

"Emily? Oh, Emily, sei venuta".

Nancy toccò leggermente una lacrima che era scivolata dall'occhio dell'anziana donna. "Sì. Ora va tutto bene".

Guidata da un antico istinto impresso nel DNA dalla prima donna che avesse mai cullato una madre morente, Nancy cullò dolcemente la vecchia donna, mormorando una sinfonia di parole calmanti. Poteva sentire il pungere delle sue stesse lacrime e le trovò in qualche modo appropriate.

AMARE DI NUOVO

(PUBBLICATO PER LA PRIMA VOLTA NELL'ANTOLOGIA SHORT & HAPPY DI S&H PUBLISHING)

GLORIA ENTRÒ di corsa nello Starbucks e vide la sua amica già seduta con un caffelatte davanti a sè. Salutò, poi si diresse al bancone per il caffè. O forse avrebbe dovuto prendere un tè. Qualcosa di rilassante. Aveva i nervi tutti in subbuglio dalla visita di Frederick della sera prima. Non vedeva l'ora di dire alla sua amica perché era venuto.

Ordinò una camomilla, e quando fu pronta, prese la tazza e raggiunse Felicia. Quella mattina presto, Gloria aveva chiamato e chiesto a Felicia di incontrarla alla caffetteria, stuzzicandola, dicendo che aveva una notizia incredibile da condividere. Felicia aveva supplicato Gloria di dirglielo subito, ma Gloria aveva svicolato, dicendole che era una cosa di cui parlare faccia a faccia.

Ora la sua amica la guardava, l'eccitazione le lampeggiava negli occhi. "Ok, ora me lo dici?"

"Quest'uomo che ho conosciuto alla scuola domenicale è venuto a trovarmi, ieri sera".

"Ok".

"Frederick. Si chiama Frederick".

"Ok". L'espressione sul volto di Felicia indicava chiaramente che non ci trovava nulla di così sorprendente. "Allora? Cosa doveva dirti questo Frederick?"

"Sono venuto a corteggiarti, Gloria".

Felicia soffocò una risata. "Davvero? Ha detto così? Nessuno parla così al giorno d'oggi".

"È quello che gli ho detto".

"Cosa? In risposta l'hai corretto?"

Gloria sospirò. "Non l'ho corretto. Ho solo fatto notare che la gente non fa la corte al giorno d'oggi. Secondo mio nipote, la gente si mette insieme".

"L'ho sentito dire anch'io. Non sono proprio sicura di sapere cosa significhi".

"Neanche io. Ma forse è meglio non saperlo".

Felicia bevve un sorso di caffè, poi chiese: "Ok. Cosa gli hai detto?"

"Gli ho detto che non lo sapevo. Ci avrei dovuto pensare".

"Beh, non pensare troppo a lungo. Non siamo più adolescenti. Non siamo nemmeno più cinquantenni".

Gloria mescolò altro zucchero nel suo tè. "Tu cosa faresti?"

"Non passarmi la patata bollente". Felicia si mise a ridere. "Questa è una decisione che devi prendere tu".

Quando Gloria non rispose, Felicia andò al bancone a comprare un paio di focaccine ai mirtilli. Le portò al tavolo e ne fece scivolare una verso la sua amica. "Allora, dimmi. Cosa ne pensi di quest'uomo che vuole corteggiarti?"

"Non ne sono sicura". Gloria aprì la focaccia e ne imburrò metà. "Mi piace. Lui e la sua defunta moglie erano buoni amici, quindi so che tipo di uomo è. Era così buono con lei, quando era malata".

"Sembra un tipo fantastico".

"Sì, lo è. Ma siamo vecchi. Abbiamo superato la fase dell'innamoramento da un pezzo".

"Gloria Keith, non posso credere a queste parole. Tu che vivi sempre la vita al massimo".

"Questo è diverso".

Gloria distolse gli occhi, impegnandosi per imburrare la seconda metà della sua focaccina, e Felicia disse: "Hai paura, vero?"

Era un'affermazione, non una domanda. Gloria lo riconobbe, ma sentì comunque il bisogno di spiegare. "Tu non ne avresti? Ray è l'unico uomo che abbia mai amato. L'unico con cui sia mai stata. Sai, a letto. E se Frederick volesse... sai?"

Felicia si mise a ridere. "È solo un'uscita serale. E se è stato così formale da dire che vuole corteggiarti, dubito che ti chiederà di andare a letto al primo appuntamento".

"Non essere volgare".

A volte Felicia poteva essere un po' ruvida, ma questo l'aveva sempre resa ancora più simpatica a Gloria. Le era stato insegnato che le signore non dicono parolacce o parlano in pubblico di quello che succede tra un uomo e una donna, e l'apertura di Felicia a volte era come una boccata d'aria fresca. Nonostante le loro differenze, avevano sviluppato un legame abbastanza profondo che permetteva a Felicia di essere grossolana e a Gloria di essere primitiva senza intaccare l'amicizia.

"Ho un'idea", disse Gloria, pulendosi pezzi di burro dalle dita con un tovagliolo. "Perché tu e Dave non vi unite a noi per una cena? Potrei cucinare e invitare Frederick, e in questo modo non sarebbe come un vero appuntamento".

"Ma se vuole un vero appuntamento?" Felicia sorrise. "E se volesse darti il bacio della buonanotte alla fine della serata?"

Il collo di Gloria si scaldò al pensiero. E con suo grande dispiacere, lo stesso fece un'altra parte della sua anatomia. "Sei di nuovo volgare".

"No, non lo sono. Pensaci un attimo. È chiaro che abbia delle aspettative. Devi solo decidere se ne hai anche tu".

Gloria piegò il suo tovagliolo in quadrati sempre più piccoli. "Pensavo solo che quella parte della vita fosse finita. Dopo Ray... sai. Ho quasi settant'anni, per la miseria".

"Questo significa che ti vuoi sedere sulla tua sedia a dondolo sul portico posteriore e lasciare che il resto della tua vita ti scorra davanti?"

Gloria cercò di trovare una risposta, ma le parole le mancarono.

"Questa non è la Gloria che conosco", disse Felicia. "La mia amica Gloria non ha mai avuto paura di buttarsi in una nuova avventura".

Per tutto il tragitto verso casa, Gloria pensò a quello che aveva detto Felicia. *È vero? Sono solo troppo spaventata per considerare l'idea di una nuova avventura?*

Trascinò la sua piccola Honda nel garage attaccato alla casa, poi si diresse verso la porta sul retro. Invece di passare davanti alla sedia a dondolo sul portico posteriore, si fermò, pensando di potersi sedere per un momento. Ma poi ci ripensò, forse no. Fece scorrere la mano lungo lo schienale, dandole una leggera spinta. Mentre la sedia dondolava lentamente avanti e indietro, Gloria si pulì i palmi sudati sui pantaloni ed entrò in casa.

Se non avesse chiamato subito Frederick, non l'avrebbe più fatto.

CRESCERE

JENNY RAGGIUNSE SUO marito sul portico anteriore e si rilassò contro lo schienale del dondolo, tirando un sospiro di sollievo. Il bambino si era finalmente addormentato e gli altri due erano a letto. Che stessero dormendo o meno, Jenny non lo sapeva. Né le importava.

"Stanca?" Chiese Michael.

"Sì, è stato uno di quei giorni". Nascosta sotto la sua risposta standard, Jenny sentiva il bisogno di dirgli di più. Voleva descrivere come si sentiva quel pomeriggio in cui il bambino aveva urlato, il telefono aveva squillato, la zuppa si era rovesciata dalla pentola, e Danny e Matthew stavano distruggendo il soggiorno giocando a giochi di guerra. Ma cercare di verbalizzare faceva sembrare tutto così meschino, così simile a una scena architettata su Medicine Avenue per vendere oli da bagno.

Come poteva spiegare il modo in cui tutte quelle sciocchezze la facevano sentire quando lei stessa non lo capiva?

Lei, Jenny Corbett, aveva scelto la maternità e la casa, ed era una grande sostenitrice del suo diritto di scegliere. Allora perché non era soddisfatta? Da un certo punto di vista lo sapeva, ma non *capiva* appieno perché il destino che aveva scelto per la sua vita era questa grande dicotomia tra i momenti di felicità da mamma e l'essere così sopraffatta da voler mollare tutto. Se non capiva lei, come poteva aspettarsi che Michael capisse? Come poteva parlargli di quel grande nodo di paura che si attorcigliava dentro di lei ogni volta che si rendeva conto di quanto facilmente la sua stessa frustrazione avrebbe potuto trasformarla in una replica di sua madre. Non che sua madre fosse stata orribile nel ruolo. Non aveva abusato di lei o di sua sorella. Solo che era sempre così distante, si limitava a fare il suo lavoro e non trovava mai il tempo di fare altro che cucinare la cena e lavare i vestiti. Essere madre comportava molto di più, un impegno emotivo che non aveva mai trovato in sua madre.

Per cercare di spiegare tutto questo a Michael, avrebbe dovuto chiedergli di lasciare il suo comodo posto, in cui pensava che tutto andasse bene, ed entrare nel suo mondo di nebulose preoccupazioni. Non era sicura di poterlo fare, di nuovo.

La sola e unica volta in cui Michael era stato davvero arrabbiato con lei, abbastanza arrabbiato da urlare, imprecare e lanciare cose in giro, era stata l'ultima volta che aveva parlato di quanto fosse stato doloroso il rapporto con sua madre.

"Superalo", aveva detto. "Mi dispiace, ma i problemi sono altre cose. L'abuso. Il bere. La trascuratezza. La povertà". Aveva fatto una pausa, come se si stesse chiedendo se doveva dire di più, poi aveva tirato un respiro. "Mi dispiace, Jenny. Il fatto che tua madre non abbia instaurato un rapporto con te non è così significativo".

Prima che lui potesse vedere il dolore che le sue parole le infliggevano, o le lacrime che non riusciva a controllare, si era voltata.

Più tardi, si rese conto che non era insensibile. Beh, forse un po'. Ma era davvero un brav'uomo, e lei non poteva biasimarlo per non aver *capito* le sue cicatrici infantili. Qualcuno che proveniva da una grande famiglia esuberante, che viveva e amava con entusiasmo, non poteva comprendere la solitudine e il senso di isolamento che avevano perseguitato la sua infanzia.

Forse sarebbe stato diverso se papà non fosse morto, pensò Jenny. Forse se la mamma non si fosse ritrovata con due bambine da crescere da sola, avrebbe potuto essere più simile alla signora Corbett.

Jenny si scosse, mentre una fresca brezza soffiava sulla veranda, e le venne la pelle d'oca sulle braccia nude. Poteva passare un'eternità a giocare al gioco del "e se". E un'altra eternità cercando di trovare il coraggio di parlarne di nuovo con Michael.

Osservò il suo profilo, una silhouette scura contro il pallido bagliore del lampione all'angolo. Conoscendolo, stava probabilmente lottando mentalmente con qualche problema al lavoro. Si sarebbe fermato ad ascoltare, se lei glielo avesse chiesto. Avrebbe osato?

"Sai, è divertente". Jenny spinse i piedi nudi contro il fresco cemento del portico, facendo ondeggiare lentamente il dondolo avanti e indietro. "Ultimamente ho pensato..."

"Oh no", disse Michael con un leggero sorriso. "Attento mondo, Jenny sta pensando di nuovo".

"Sii serio". Jenny lo guardò accigliata e poi distolse lo sguardo. Forse sarebbe stato più facile se non lo avesse guardato. "Quello a cui ho pensato è quanto la vita sia la stessa, anche se le circostanze sono diverse".

"Non ti seguo".

"Sai. Quello che succede alle persone nel corso della loro vita può essere diverso, ma le persone sono sempre persone. Le loro reazioni alle esperienze della vita sono spesso le stesse".

Jenny lanciò un'occhiata a Michael, ma un'espressione

accigliata gli solcava la fronte. Sospirò. "Voglio dire. Beh, prendiamo ad esempio me e mia madre. A volte, proprio stando con i bambini, tra le seccature e le responsabilità, riesco a percepire quello che lei deve aver provato quando era una giovane madre che cresceva dei bambini. E anche se a certi livelli è lo stesso, è comunque diverso".

"Sì. Abbiamo altri figli".

Lei gli diede un buffetto. "Fai il serio".

"Ok". Lui le passò una mano sulla nuca. "Non sapevo che tutto quel casino dell'infanzia ti desse ancora fastidio".

"Cerco di non pensarci". Lei scrollò le spalle. "Ma a volte non posso farne a meno".

"Pensare aiuta? Cambia qualcosa?" Il suo tono non era accusatorio, ma Jenny dovette frenare un'ondata di risentimento.

"Potrebbe aiutarmi a capire. A recuperare qualcosa, prima che sia troppo tardi".

Prima che potesse dire altro, la porta d'ingresso si aprì di botto.

"Telefono, mamma", annunciò Danny, sei anni, con una voce riservata a quelle che lui chiamava le sue situazioni "da ragazzo grande".

"Ok". Jenny si alzò, diede a Michael una pacca sulla spalla, poi seguì suo figlio in casa.

Dopo aver rispedito Danny a letto, prese la cornetta del telefono, anticipando quello che avrebbe detto alla persona che aveva scelto un momento così inopportuno per venderle riviste. "Pronto".

"Oh Jenny! Sono così felice che tu sia a casa". La voce crepitò insieme all'elettricità statica sulla linea che la trasportava per centinaia di chilometri, ma Jenny riconobbe comunque sua sorella. Il suo cuore cominciò a battere con pesanti tonfi quando colse l'inconfondibile nota di isteria crescente. "Cheryl. Cosa c'è?"

"Si tratta della mamma. Ha avuto un infarto".

"Oh, mio Dio! Cosa? Come sta?"

"È viva. L'abbiamo portata all'ospedale in tempo. Il dottore è con lei adesso". La voce di Cheryl si fece strozzata per l'emozione. "Oh Jenny. Sono così spaventata. Puoi venire a casa? Ho bisogno di te".

Quelle parole ridussero Jenny a un momentaneo silenzio. Non era sicura se fosse la notizia o l'urgenza che sentiva nella voce della sorella maggiore. Era la prima volta, che Jenny ricordasse, che sua sorella le avesse detto di avere bisogno di lei. Era sempre stato il contrario. "Whoa, Cheryl. Rallenta. Certo, vengo. Ma potrei non essere in grado di arrivare prima di domani. Starai bene fino ad allora?"

"Sì. Chiama Greg e fagli sapere le informazioni sul tuo volo. Uno di noi verrà a prenderti".

"Ok. Non sono sicura di voler riattaccare, ma non so cosa dire".

"Non dire niente. Vieni e basta".

Improvvisamente, la linea cadde, e Jenny cullò lentamente il ricevitore. *Oh, Michael cosa farò?*

Lei si voltò e lui era lì.

"È la mamma", disse Jenny, la sua voce attutita nel suo petto; le sue lacrime gli inumidirono la camicia.

"Lo immaginavo". Michael le passò una mano rilassante tra i capelli.

Rimasero così per un lungo momento, poi lei si allontanò. "Mi dispiace. Non pensavo che sarei crollata così".

"Va tutto bene". Michael le tracciò delicatamente una linea lungo la guancia dove era appena scesa una lacrima. "Vai a New York. Mi occuperò io delle cose qui".

Il primo pomeriggio seguente, Jenny era su un aereo diretto

a nord. Sistemandosi contro il sedile, chiuse gli occhi, sperando in un sonnellino. Non aveva dormito la notte precedente, e la stanchezza la travolgeva a ondate. Se solo fosse riuscita a smettere di preoccuparsi. Smettere di pensare.

I pensieri su sua madre l'avevano portata in strane zone inesplorate, negli ultimi tempi. Un minuto prima vedeva sua madre come un guscio chiuso di una persona che non aveva nulla da offrire ad una bambina spaventata e confusa, a cui mancava suo padre e che si chiedeva dove fosse andato. Jenny, la bambina, entrò nella cucina del suo passato. "Mamma?"

"Non ora, Jenny. Non vedi che sono occupata? Ho lavorato tutto il giorno. Sono esausta e devo ancora preparare la cena. Vai ad aiutare tua sorella a preparare la tavola".

Poi, nel mezzo del suo dejà vu, Jenny diventava la madre, e spingeva via i suoi stessi figli. Piangeva e diceva loro di andarsene, prima che le facessero perdere la pazienza.

Rendendosi conto che non sarebbe stata in grado di dormire, Jenny prese la rivista dalla tasca del sedile di fronte a lei e cominciò a sfogliarla. Qualsiasi cosa, anche le pubblicità di prodotti di bellezza, che non avrebbe mai usato, sarebbe stata meglio che permettere alla sua mente di continuare su quella strada tortuosa.

Quando l'aereo di Jenny atterrò all'aeroporto La Guardia, Cheryl era al gate per incontrarla, e le due sorelle si abbracciarono goffamente. Era passato molto tempo. Quasi cinque anni.

"Com'è stato il volo?" Cheryl chiese mentre si facevano strada tra la folla che si muoveva nell'affollato aeroporto.

"Tutto bene". Jenny desiderava che fossero il tipo di sorelle che condividevano chiacchiere inutili sul viaggio. Magari farsi una bella risata sul ragazzo che ci aveva provato con lei sull'aereo. Ma quel tipo di conversazione non era naturale per loro. Non avevano mai condiviso molto. A volte, sua sorella, che aveva tre anni di più, era sembrata distante e inavvicinabile come la loro madre.

"Come sta la mamma?" Chiese Jenny.

"Per ora tiene duro. Il dottore ha detto che i prossimi giorni faranno la differenza".

Jenny annuì e cercò nella borsa i contrassegni dei suoi bagagli. "Ok. Prendiamo i miei bagagli e andiamo all'ospedale".

Cheryl prese il comando con un'efficienza da sorella maggiore che Jenny ricordava bene, e presto si sistemarono nella vecchia station wagon di Cheryl, con la sua valigia sul retro e una tazza da bibita di McDonald's buttata sul pavimento del lato passeggero. "Scusa per il disordine", disse Cheryl, afferrando la tazza incriminata e gettandosela sopra la spalla verso il sedile posteriore. "Con tutto quello che è successo..."

"Va tutto bene", disse Jenny. "La mia macchina è uguale, non ti preoccupare".

Cheryl le fece un sorriso malinconico e si allontanò dal marciapiede.

Mentre l'auto si univa al flusso del traffico sulla Grand Central Parkway e accelerava, il silenzio cadde tra le sorelle, ma non era un silenzio confortevole. Jenny guardava i cartelloni pubblicitari e gli edifici passare, e cercava di pensare a qualcosa, qualsiasi cosa, da dire. Non era sempre stato così. Questi lunghi e dolorosi silenzi. C'era stato un tempo, molto tempo fa, in cui parlavano. Quando avevano riso insieme su piccole cose assurde. Lo facevano insieme. Anche sua madre. Ma quello era stato prima che...

Anche se Jenny aveva solo cinque anni quando suo padre morì, poteva ancora ricordare come fosse stata la loro vita prima di quel fatidico giorno. E ricordava ancora il brusco cambiamento che avvenne quasi nel momento stesso in cui ricevettero la notizia. Tutta l'allegria e le risate erano svanite.

Non erano svanite come la fine di un disco che lentamente si perde nel silenzio. Semplicemente tutto si fermò bruscamente, lasciando quell'immenso silenzio vuoto nella casa e nel profondo della sua anima.

Gli anni seguenti si erano fusi in una catena infinita di giorni collegati tra loro con lavoro, preoccupazione e ancora lavoro da parte di sua madre, e Jenny era rimasta nell'incertezza, alla deriva. Quel nuovo modo di vivere era stato così irreale per la sua mente infantile.

In quegli anni di crescita, tutto ciò che aveva sempre desiderato era poter parlare con sua madre della confusione. Della solitudine. Della tristezza. Ma sembrava che non ci fosse mai tempo per parlare.

Oggi, nonostante quanto Jenny cercasse di negarlo, c'era ancora una bambina spaventata dentro di lei che desiderava il conforto delle braccia di sua madre, mentre piangeva fino ad addormentarsi.

"Eccoci qui". La voce di Cheryl la tirò fuori dai suoi pensieri, e Jenny guardò attraverso il parabrezza per vedere l'insegna dell'ospedale Mt. Sanai.

"Oddio", disse Jenny. "Abbiamo fatto in fretta".

"Mica tanto". Cheryl le fece un sorriso ironico. "Sei stata persa nei tuoi pensieri, nell'ultima mezz'ora".

"Scusa".

"Non preoccuparti". Cheryl entrò nel parcheggio, trovò un posto libero e spense il motore. "Pronta?"

Jenny sorrise con rammarico. "Si è mai veramente pronti?"

Cheryl scrollò le spalle. "Ho paura che sia un po' pesante, per me, in questo momento".

"Non c'è problema. Era solo una domanda retorica".

Entrando nel cubicolo di terapia intensiva dove sua madre giaceva su un letto d'ospedale rialzato, lo shock iniziale di Jenny lasciò rapidamente il posto a un'ondata travolgente di paura e apprensione. Sua madre sembrava così piccola. Così fragile. E tutti quei tubi e fili nelle sue braccia, nel suo naso, attaccati al suo petto. Era quasi osceno. Gli occhi di Jenny si riempirono di lacrime, mentre cercava sul volto cinereo segni di vita. "Sei sicura che stia bene?" chiese a Cheryl in un sussurro sommesso.

"Sì. È pesantemente sedata. Quindi, dormirà per la maggior parte del tempo. Ma il suo battito cardiaco ora è quasi normale. Il dottore ha detto che è più forte della maggior parte dei suoi pazienti".

Sì. È sempre stata forte, pensò Jenny. Non lo dicevano tutti? "Quella signora Tucker. È così coraggiosa. Così forte. E ha fatto un così bel lavoro nel crescere quelle due ragazze da sola".

La brusca pugnalata di amarezza che accompagnò quel pensiero, fece sì che Jenny si chiedesse se si trovasse nel mezzo di una specie di partita di ping-pong emotivo, giocando da entrambe le parti del tavolo. Era come se tutta la sua vita, passata e presente, fosse stata rimescolata insieme, e lei non fosse sicura di quale emozione sarebbe venuta fuori dopo.

Tuttavia, non aveva il diritto di giudicare la vita di sua madre.

Giusto?

"Andiamo". Cheryl mise una mano sulla spalla di Jenny, spingendola verso la porta. "Andiamo in sala d'attesa. L'infermiera ci chiamerà, se c'è qualche cambiamento".

———

Il passare del tempo divenne una macchia nella mente di Jenny. Quanti giorni erano già passati? Tre? Quattro? E non riusciva a ricordare cosa avesse detto a sua sorella o a suo cognato quando erano seduti insieme nella sala d'attesa. O che cosa avessero fatto quando non erano seduti a vegliare al capezzale. O quando avesse dormito l'ultima volta. I giorni e le notti erano pieni di tormenti di quella terribile paura che sua madre potesse morire. Allora sarebbe stato troppo tardi per entrambe. Troppo tardi per qualsiasi tipo di riconciliazione. L'attesa stava gravando pesantemente anche su Cheryl. Jenny poteva vederlo nell'impostazione cupa della mascella di sua sorella e nelle linee tese di preoccupazione intorno ai suoi occhi.

Desiderando poter fare qualcosa, Jenny guardò sua sorella sfogliare una rivista e poi posarla sul tavolo di fronte al divano dove era seduta. Forse potevano parlare. Si alzò dalla sedia e si avvicinò al piccolo divano. "Cheryl, io..."

"Non toccarmi!" La veemenza nella voce di Cheryl colpì Jenny con la forza di un ariete.

"Io... non capisco. Cosa c'è che non va?"

"Una parte della ragione per cui lei è qui è a causa tua".

"Aspetta un attimo!"

"No. È ora che tu lo sappia. Non sai quanto l'abbia sconvolta quando te ne sei andata. Era come se ci avessi tagliato fuori dalla tua vita. Non è più stata la stessa da allora". Cheryl fece una pausa. "Sono stata una stupida a pensare che le cose sarebbero state diverse, ora".

La mente di Jenny vorticò in confusione, e afferrò il primo pensiero chiaro che le venne in mente. "L'accusata ha almeno la possibilità di difendersi?"

Cheryl si accigliò. "Non sei sotto processo".

"Allora perché mi sembra di esserlo?"

Cheryl si prese un lungo momento prima di rispondere, e Jenny sentì la rabbia crescere. Come osava?

"Forse non avrei dovuto..."

"Hai dannatamente ragione, non avresti dovuto". Jenny lottò per mantenere la voce sotto il livello delle grida. "Hai mai considerato che anche lei ha avuto una parte in tutto questo? È lei che mi ha allontanato, per tutti quegli anni. Non voleva parlare di papà. O di come ci sentivamo tutti. Teneva le sue emozioni chiuse dentro e noi fuori".

"Jenny, è stato molto tempo fa. Non importa".

"Ma è così! Non vedi? Ecco perché mi sono allontanata. Ecco perché mi fa ancora così male ogni volta che penso alla nostra infanzia".

Anche Jenny fu sorpresa dall'amarezza nella sua voce, le due sorelle si guardarono semplicemente l'un l'altra mentre le parole pendevano tra di loro, come le ultime note di una canzone che finisce e scivola nel silenzio.

Infine, Cheryl allungò la mano per toccare quella di Jenny, ma Jenny si allontanò e distolse gli occhi.

Dopo un altro lungo momento, Cheryl parlò dolcemente. "Mi dispiace. Non avrei dovuto aggredirti".

Jenny scrollò le spalle.

"Per favore, possiamo solo parlare?"

"Cosa c'è da dire? È ovvio che tu non la pensi come me su tutto questo casino".

"Mio Dio, Jenny! Siamo cresciute insieme. Ricordi? Abbiamo passato le stesse cose. Non pensi che abbia influenzato anche me? Ma poi è arrivato un momento in cui ho accantonato tutto".

"Non è semplice come mettere via i vestiti dell'anno scorso".

"Lo so. Non ho detto che è stato facile. Ho solo detto che l'ho fatto".

La dolcezza nella voce di Cheryl ruppe l'ultimo muro di difesa di Jenny. Le lacrime cominciarono a scivolare inascoltate fuori dagli occhi, e a rotolare in un flusso caldo lungo il viso. "Come?" chiese lei. "Come l'hai superato?"

Cheryl allungò timidamente una mano e questa volta Jenny non si tirò indietro. "Non posso dirti come far tacere i tuoi mostri", disse Cheryl. "È qualcosa che devi fare da sola. O a lungo termine, con un terapeuta".

Jenny alzò lo sguardo sorpresa. "L'hai fatto? Vedere un terapeuta?"

Cheryl annuì. "Per circa un anno. Subito dopo la tua partenza".

"Perché non me l'hai mai detto?"

"Non abbiamo parlato molto. Ricordi?"

Questo portò un piccolo sorriso. "Ma se... se..." Jenny agitò una mano in un gesto vago in direzione della stanza della madre. "E se non avessimo più tempo?"

Cheryl tenne il suo sguardo per un lungo momento, poi disse: "Forse puoi iniziare oggi a perdonarla".

"È tutto qui? Basta perdonarla e tutto il dolore se ne andrà?"

Cheryl scrollò le spalle. "Forse devi perdonare anche te stessa".

"Cosa?" Di nuovo, il suo volume minacciava di essere troppo alto per una sala d'attesa d'ospedale.

"Non arrabbiarti. Pensa solo per un minuto. Hai covato giudizi su tua madre per anni. Forse parte della guarigione è lasciar andare tutto questo. Poi, perdonare te stessa per esserti aggrappata alla negatività per così tanto tempo. Sembra che sia stato il tuo giocattolo antistress preferito, per quanto io possa ricordare".

Jenny aprì la bocca per dare una risposta arrabbiata, ma poi serrò le labbra. Forse Cheryl aveva ragione. Non le faceva piacere sentirlo, ma forse era vero. Deglutì a fatica, poi si alzò. "Vado a controllare la mamma".

"Ok, io sono pronta per andare a casa. Ci vediamo domattina".

Jenny annuì, poi si voltò per camminare lungo il corridoio poco illuminato, il basso mormorio delle voci alla postazione delle infermiere era a malapena una distrazione al suo passaggio. Entrò nell'oscurità della stanza di sua madre, illuminata solo dallo schermo blu del monitor. In sottofondo, sentì il costante *tic, tic, tic* del monitor e il debole sussurro del respiro che entrava e usciva dal corpo di sua madre. Si avvicinò al letto e si fermò lì, studiando l'intricato disegno di linee che gli anni avevano inciso sul viso di sua madre. A riposo, era il volto di un'estranea, e Jenny sentì il bisogno di memorizzare ogni ruga, come se fossero una dichiarazione significativa di tutto ciò che le separava. Forse lo erano, e forse lei poteva appianare tutto con un tocco della mano.

Un improvviso cambiamento erratico nel respiro di sua madre fece scattare un allarme e lei tirò indietro la mano. *Dio mio! Non ora!*

Improvvisamente, la porta si aprì per far entrare un'infermiera che accese le luci sul soffitto e si affrettò verso il letto, portando un brivido nella stanza con la sua efficienza nitida e senza fronzoli.

"Sta bene?" Chiese Jenny.

Intenta a controllare i fili, i tubi e il monitor, l'infermiera sembrava ignara della presenza di Jenny, e Jenny si spostava da un piede all'altro, aspettando una risposta. La paura era come una grande bestia che le rodeva lo stomaco.

Finalmente, quando Jenny pensò che non avrebbe più resistito, l'infermiera finì di controllare l'intricata attrezzatura.

"Va tutto bene", disse l'infermiera, dando appena un'occhiata a Jenny mentre passava. "Deve essere stata un'anomalia. I suoi segni vitali sono a posto ora".

"Oh". La parola morì sulle labbra di Jenny quando l'infermiera uscì e chiuse la porta.

Attraverso una nebbia di paura e angoscia, Jenny riconobbe

anche una sfumatura di rabbia. Si avvicinò e spense le luci, sperando che l'oscurità avrebbe riportato un po' della pace che aveva provato prima che l'allarme suonasse. Era arrabbiata con l'infermiera che sembrava non curarsi del fatto che ci fosse una persona nel letto. Una donna. Una madre, che meritava più della fredda efficienza e di un ambiente sterile in cui morire.

Quest'ultima parola martellava nella mente di Jenny.

Era vero. Sua madre poteva morire. E l'indignazione peggiore di tutte era che poteva accadere mentre sua madre pensava ancora che Jenny fosse insensibile, come l'infermiera. Lacrime calde sgorgarono dagli occhi di Jenny, e sentì un grande strappo nel petto, come se una grande bestia le stesse strappando il cuore.

Allungandosi, raccolse la mano di sua madre e toccò leggermente la pelle rugosa come pergamena con i polpastrelli morbidi. Poi le lacrime si sciolsero e scesero liberamente lungo le guance, cadendo sulle mani intrecciate, una giovane e una vecchia.

"Oh mamma!" Il grido pendeva nella stanza come strati di fumo. "Non puoi morire, mamma. Non ora. Io... ho bisogno di te. Io... io ti voglio bene. Ti prego! Ti prego, perdonami".

Per un momento, Jenny trattenne il respiro chiedendosi se sua madre avesse sentito le sue parole. Poi le sembrò di sentire un accenno di pressione contro le sue dita. Era un segno di sua madre o semplicemente un riflesso involontario?

Le faceva bene al cuore credere che fosse stato un segno. E se sua madre fosse sopravvissuta... No. Quando sua madre ne sarebbe uscita con più vita da vivere, Jenny avrebbe detto di nuovo quelle parole.

DOV'È PAPÀ?

PRESI la mano di mio figlio e camminai lentamente verso la parte anteriore della camera ardente. Non capiva perché fossimo lì. Almeno, non pensavo che lo capisse. Quanto può comprendere un bambino di cinque anni? Sapeva che ero sconvolta, come la maggior parte delle persone di tutte le età, con le lacrime che scorrevano liberamente sulle guance e le forti emozioni che scintillavano nell'atmosfera come linee elettriche interrotte.

I bambini capiscono le emozioni che affollano una stanza.

Ci fermammo al tavolo pieno di foto di Jim che erano annidate in mezzo a vasi di fiori; una serie colorata di garofani gialli, piselli dolci rosa e delphinium blu. Avevo composto io stessa questa disposizione, scegliendo le fotografie e i fiori con grande cura. Jim sorrideva da ogni cornice, e anche i fiori sembravano sorridere.

Non c'era nessuna bara per questo semplice servizio commemorativo, che sarebbe iniziato a breve. Non era rimasto abbastanza di Jim per metterlo in una bara. Non molto tempo dopo che quegli agenti erano venuti alla mia porta per darmi la notizia più devastante della mia vita, mi fu consegnato un borsone con gli effetti di Jim. Non lo aprii. Non volevo vedere cosa c'era dentro. Non volevo le sue piastrine o qualsiasi altro ricordo dell'esercito a cui aveva prestato servizio, così avevo nascosto tutto in un armadio. Dietro le tute che Jim non avrebbe mai più indossato.

La rabbia rimbombava in me mentre ricordavo quell'orribile giorno.

Bobby mi tirò la mano, allontanandomi momentaneamente dal ricordo. "Perché papà non è qui?"

Sussultai. "Non può essere qui. Se n'è... andato". Riuscii a malapena a spingere le parole oltre la costrizione della mia gola. Ognuna minacciava di soffocarmi.

"Andato dove?"

Oh Dio! Come posso dire a questo bambino che suo padre è in un milione di pezzi da qualche parte, in quel posto dimenticato da Dio dove l'esercito l'ha mandato? Feci un sospiro, poi cercai di fare un sorriso confortante. "Tesoro, te l'ho detto. Papà è morto. È in cielo".

"Con la nonna?"

"Sì, con la nonna".

Bobby si guardò di nuovo intorno. "Ma abbiamo visto la nonna. Prima che andasse in paradiso. In una scatola. Dov'è la scatola di papà?"

All'inizio non sapevo cosa volesse dire Bobby, ma poi capii. Stava ricordando il funerale di mia madre. Era stato un anno fa, e avevo sperato che Bobby avesse dimenticato i dettagli. Ma non l'aveva fatto.

Jim non aveva voluto che portassi Bobby alla camera ardente dove era stata sepolta mia madre. "Ha solo quattro anni", aveva detto Jim. "Non ha bisogno di vedere un cadavere".

Jim non capiva questo bisogno. Quando suo nonno era

morto, Jim aveva solo tre anni e i suoi genitori lo avevano ritenuto troppo piccolo per andare al funerale. Ma io sapevo, assistendo bambini e adolescenti, che avevano bisogno di funerali e servizi commemorativi. Qualunque cosa potesse dare loro la prova concreta che la persona amata non aveva semplicemente smesso di venire a trovarli per qualche motivo sconosciuto. La morte, senza tutti gli ornamenti dei funerali, del lutto, era troppo oscura.

Guardai mio figlio. Aveva cinque anni. E aveva un disperato bisogno di vedere un cadavere. Eppure, non potevo dirgli l'orribile verità. Non oggi. Forse più tardi. Vent'anni dopo. O forse no. Forse non avrebbe mai avuto bisogno di quell'immagine mentale che non riesco a scrollarmi di dosso, per quanto ci provi.

Più di una settimana fa, il comandante della base era venuto alla mia porta per parlarmi di Jim. Della bomba che gli aveva tolto la vita, insieme agli altri due uomini nell'Humvee, in Iraq. Avevo chiesto quando il suo corpo sarebbe stato rimandato negli Stati Uniti, e l'uomo mi aveva guardato per un lungo momento con l'espressione più triste. Poi aveva distolto lo sguardo prima di dire: "Mi dispiace signora Murphy. Il corpo di suo marito... era...non è rimasto nulla".

"Niente? Come può non esserci niente?"

Mi guardò di nuovo. "Si fidi di me. Non vuole sapere i dettagli".

"Sì, lo voglio! Voglio sapere!" Urlai le parole più e più volte, fino a quando finalmente me li disse e visualizzai questa grande esplosione di sangue, ossa e carne. Un essere umano trasformato in una macabra forma di coriandoli, trasportati dal vento, sparsi su rocce e polvere.

Fu allora che vomitai sulle scarpe dell'ufficiale.

Ora, avevo di nuovo voglia di vomitare, e ingoiai la bile che mi bruciava in gola.

Helen si avvicinò e mi toccò il braccio. "Posso prendere Bobby per un po'?"

Feci un sorriso riconoscente a mia suocera e passai la mano morbida e rosa alla sua mano ruvida di lavoro. "La nonna vorrebbe passare un po' di tempo con te", dissi a Bobby. "Per te va bene?"

Bobby annuì, poi guardò Helen. "Possiamo prendere dei biscotti? Ne ho visti alcuni". Fece un gesto con la mano libera verso una porta, in un angolo lontano della stanza. La porta conduceva a un'altra piccola stanza dove era stato allestito un rinfresco, per gentile concessione dell'impresa di pompe funebri e di alcuni amici che pensavano che la cioccolata sarebbe stata necessaria.

Un sacco di cioccolata.

E vino.

Un sacco di vino.

Guardai Helen portare via Bobby, poi diedi un'occhiata alla stanza, notando Frank seduto da solo. Per un momento considerai l'idea di andare a sedermi accanto a lui, ma qualcosa nel modo rigido in cui teneva il corpo mi mise in guardia. Mio suocero proveniva da una lunga stirpe di brava gente di campagna, e viveva nella fattoria dove il nonno di Frank aveva per primo lavorato la terra e coltivato il mais. Jim aveva sperato di tornare a vivere nella fattoria dove era diventato un uomo. Voleva crescere lì suo figlio, ma quella speranza era stata infranta tanto rapidamente quanto il suo corpo.

Era ovvio che Frank fosse ugualmente distrutto, ma non avrebbe voluto rompersi emotivamente di fronte a nessun altro, nemmeno a me, che aveva accolto in famiglia a braccia aperte al nostro primo incontro.

Erano passati dieci giorni da quando avevamo ricevuto la notizia, e i genitori di Jim erano volati dall'Indiana a Killeen, Texas, dove vivevamo in un alloggio militare. In quei dieci giorni, Frank aveva parlato poco, ma i suoi occhi non erano muti. Il dolore riflesso in quei profondi occhi blu, così simili a quelli di Jim, mi aveva colpito così profondamente che a volte avrei voluto scappare. Altre volte volevo solo andare ad abbracciare quest'uomo gentile.

Helen, che mi conosceva così bene e riconosceva il mio impulso, scuoteva leggermente la testa quando i nostri occhi si incontravano, così mi limitavo a fare un leggero sorriso a Frank e lui annuiva in cambio.

Mentre guardavo l'uomo alto e forte oggi, speravo che fosse in grado di far uscire le sue emozioni quando lui ed Helen erano soli. Altrimenti, se fossero rimaste contenute per sempre, si sarebbero inasprite e inacidite, facendo alla fine marcire il suo cuore e la sua anima.

Mi voltai e mi diressi verso il fondo della stanza, fermandomi spesso per ricevere abbracci e offerte di condoglianze. Temendo quali emozioni potessero sfuggire al mio rigido controllo, mantenevo questi contatti brevi, a volte senza nemmeno registrare con chi stavo parlando.

La mia amica Sharla sedeva da sola nell'ultimo banco, e mi offrì un sorriso esitante quando mi avvicinai. Scivolai accanto a lei, e lei allungò la mano e la prese in una stretta forte. "Te la stai cavando?" chiese.

"In punta di piedi".

Mi strinse la mano un po' più forte per un momento, poi allentò la pressione. "Ce la farai. Sei forte".

Non negai apertamente le sue parole, ma dentro di me stavo urlando. Non mi ero sentita forte da quando Jim era partito per la sua ultima missione in Iraq. Avevo fatto finta, per il suo bene. Salutandolo con un sorriso e affermando che saremmo stati bene mentre lui era via. Ma la verità era che ogni volta che partiva, tornavo ad essere quella persona insicura e apprensiva che ero stata prima di incontrarlo. L'unica grazia di salvezza era che lui sarebbe sempre tornato, e tutto sarebbe andato di nuovo bene. Ma questa volta non sarebbe tornato a casa.

Niente sarebbe andato di nuovo bene.

Una lacrima mi scivolò dall'occhio, poi un'altra, e un'altra ancora, finché non formarono un fiume caldo lungo le mie guance. Temendo che questa crepa nella diga portasse a un crollo totale del muro tra me e un diluvio di emozioni, che mi avrebbe fatto annegare, mi allontanai dal conforto della mia amica. "Devo controllare Bobby".

"Certo", disse Sharla. "Ti raggiungo dopo".

Mentre scivolavo fuori dal banco, ringraziai mentalmente Dio per questa amicizia. Sharla era un'altra moglie di un militare, quindi sapeva, sapeva davvero, che cosa fosse la vita.

Come fossimo sempre appollaiati su un precipizio.

Come la tragedia poteva colpire in qualsiasi momento.

Nei giorni successivi alla mia tragedia, era venuta più volte a portarmi i pasti. Pollo, gnocchi e maccheroni al formaggio; cibi confortanti che Sharla sapeva che amavo. Anche se Bobby era ancora alle prese con la tensione in casa e cercava di capire che suo padre era morto, non aveva difficoltà a mangiare le offerte. Io ero a malapena in grado di forzare un boccone in una gola, che era infiammata per tutte le lacrime che avevo ingoiato.

Il direttore delle pompe funebri aveva organizzato con un cappellano di un ospedale vicino per condurre la cerimonia commemorativa. Avevo rifiutato l'offerta del cappellano della base. Non volevo una funzione militare. Non volevo sentire che eroe fosse stato Jim. Morire su un campo di battaglia non era la mia idea di eroismo, e volevo che l'esercito non avesse parte in questo giorno. Questo giorno era per Jim il marito. Jim il padre. Non Jim il soldato.

Il cappellano Dave era un uomo dai capelli grigi con una presenza confortante, e non aveva battuto ciglio quando gli avevo detto che non eravamo praticanti. Non gli avevo detto di non essere sicura di Dio, a questo punto – questo l'avrebbe fatto sbuffare. Non ero esattamente arrabbiata con Dio. Non Lo incolpavo per quello che era successo a Jim. Ero solo spiritualmente intorpidita, e non sapevo dove fosse Dio per me.

Il cappellano aveva parlato con me e con i genitori di Jim per farsi un'idea di chi fosse stato Jim e aveva messo tutto insieme per una bella funzione. Almeno questo è quello che i miei amici mi hanno detto dopo. Ero lì, eppure non c'ero. Non riuscivo a trattenere le parole o le frasi che erano state dette in onore della memoria di Jim. Sembravano fluttuare via come ciuffi di fumo che uscivano dalla bocca del cappellano.

Poco dopo che le parole dell'ultima preghiera sfumarono in un doloroso silenzio, la gente cominciò ad allontanarsi, lasciando finalmente solo me e Sharla. Frank e Helen avevano riportato Bobby a casa.

"Sei sicura di volerlo fare?" Sharla gesticolò verso la serie di foto e fiori che stavo per smontare. "Potrei farlo io. O l'impresario delle pompe funebri..."

Lasciò sfumare il resto della frase e io le rivolsi un debole sorriso. "Lo so. Gli ho già detto di donare i fiori alla gente dell'ospedale. Quello dove lavora il cappellano. Ha detto che le donne del reparto di oncologia li avrebbero graditi".

Sharla annuì. "Potrei comunque aiutare con le foto".

Scossi la testa. "Vai a casa. Abbraccia tuo marito e sii grata di averlo".

Sharla annuì di nuovo, con le lacrime che le riempivano gli occhi. "Mi dispiace così tanto".

"Lo so". Le parole erano basse, soffocate, e Sharla mi avvolse in braccia forti. Rimanemmo lì per lunghi momenti, tenendoci strette l'un l'altra. Poi lei fece un passo indietro. Diede una stretta alle mie spalle. Si voltò e se ne andò.

Mi sedetti nella prima panca della piccola cappella e

guardai tutte le foto di Jim. Anche se non avevo voluto niente legato all'esercito a questa funzione, Jim aveva passato troppi anni nell'esercito per non avere una o due foto di lui in uniforme, ma le passai rapidamente in rassegna, concentrandomi lentamente e deliberatamente sulle altre. Entrambi che ci comportiamo da stupidi alla nostra festa di laurea. Lui seduto sui gradini del nostro liceo. Ci stavamo salutando? Non riuscivo a ricordare. Si era arruolato poco dopo, ed eravamo stati separati per troppi mesi.

Mi ero arrabbiata, ma non glielo avevo mai detto. Era così orgoglioso di servire il suo Paese; non potevo schiaffeggiarlo con la mia rabbia. E davvero, non c'era pericolo, no?

Poi venne l'Iraq.

Asciugando le lacrime che mi scendevano sulle guance, scossi quei pensieri e guardai la foto del nostro matrimonio. Avevo scelto quella di noi che ridevamo e spingevamo la torta nella bocca dell'altro. Nel corso degli anni, avevamo fatto il pieno di risate, mentre celebravamo pietre miliari ed eventi. Dieci anni di risate per qualsiasi cosa.

Poi venne l'Iraq.

L'ultima foto è di Jim che tiene in braccio Bobby il primo giorno che abbiamo avuto il bambino a casa con noi. Jim era così entusiasta di avere un bambino, un figlio, che mi chiedevo se avrei mai potuto tenere in braccio nostro figlio di nuovo. Anche se non poteva allattare il bambino, Jim faceva tutto il resto. Non aveva paura di fargli il bagno e non era riluttante a cambiare i pannolini. Se Jim avesse potuto allattare, probabilmente si sarebbe occupato anche dell'allattamento. Abbiamo avuto cinque anni gloriosi di condivisione della paternità, ogni volta che Jim era a casa dal dispiegamento.

Poi venne l'Iraq.

Non puoi continuare a tornare indietro, mi dissi. Non importa quanto sei frustrata o arrabbiata, non cambierà nulla.

Asciugai altre lacrime e sospirai profondamente. Era giunto il momento.

A casa, misi le foto sulla credenza del soggiorno. Poi andai nella mia camera da letto. Lì presi dalla sua scrivania tutti i ricordi che Jim aveva raccolto dai suoi viaggi in altri paesi durante il servizio e li misi in una scatola. Quella scatola andò nel mio armadio. Spinta in fondo allo scaffale più alto dove avevo messo le cose che l'ufficiale mi aveva dato.

Un giorno avrei tirato fuori le scatole. Le avrei aperte e avrei mostrato tutto a Bobby. Avrei detto a Bobby cosa era successo veramente a suo padre. Ma non oggi. Non un giorno qualsiasi, così presto. Lasciamolo essere un bambino ancora per un po', non toccato dalla consapevolezza che suo padre era morto invano.

Questa era la parte peggiore.

ATTRAVERSARE LA SOGLIA

(PUBBLICATO PER LA PRIMA VOLTA NELL'ANTOLOGIA THE CORNER CAFÉ)

FRANK SPINSE LA PORTA, aspettandosi di entrare nella sua taverna preferita. Si fermò appena dopo la soglia e cercò il bancone. Il barista. Gli scaricatori di porto, che reclamavano sempre l'estremità più lontana del bancone e sfidavano chiunque cercasse di prendere uno dei loro posti. Cercava un tizio, una donna e un drink, non necessariamente in quest'ordine. Una giovane troppo allegra svolazzò verso di lui, come una specie di uccellino. In effetti, avrebbe potuto essere un canarino con quella audace camicia gialla. Indossava dei pantaloni corti con le gambe in bella vista. Non che fossero delle brutte gambe, lunghe e magre, ma perché mostrare delle gambe se non hai intenzione di mostrare le tette?

"Benvenuto al Corner Café", disse la piccola cosa luminosa. "Cosa posso offrirle? Un caffè? Un cappuccino? Un espresso?"

Frank si tolse il borsalino, un gentiluomo lo fa sempre quando è in presenza di una signora, anche una fastidiosa come questa. "Cosa stai dicendo, ragazzina. Dov'è Mickey?"

"Mouse?"

Frank scosse la testa, sperando che l'azione riavvolgesse

qualsiasi film che stava girando dietro i suoi bulbi oculari. "Senta signora, la smetta di tergiversare. Cos'è successo al Watering Hole? E dov'è Mickey, il proprietario?"

"Mi dispiace, signore. Non ne ho mai sentito parlare. Forse è nel posto sbagliato?"

"Ascolta. Sono anni che vengo qui ogni sera. Potrei trovarlo ad occhi chiusi".

"Forse è questo il problema", disse un uomo a un tavolo vicino. "Forse dovresti svegliarti".

Frank toccò il calcio della pistola nella fondina sotto il cappotto e scoccò all'uomo uno sguardo d'acciaio. "Non fare il furbo con me. Sai con chi stai parlando?"

"Sì, un buffone che è appena arrivato da una festa in costume. Chi dovresti essere? Sam Spade?"

Frank si spostò per fare un passo verso l'uomo. Gli avrebbe insegnato a prendere in giro Frank Perelli. La ragazza gli mise una mano di contenimento sul braccio. "La prego, signore, non vogliamo problemi".

Frank si fermò, fece un bel respiro per frenare l'impulso di stendere il tizio e diede un'altra occhiata attenta alle persone sedute ai tavoli sparsi per la stanza. Non un trench o un pantalone a vita alta in vista. Queste persone indossavano i vestiti più strani. Alcuni uomini avevano pantaloni corti che sembravano mutande, ma quale uomo adulto indosserebbe mai delle mutande? E molti di loro sfoggiavano quelle che sembravano canottiere intime. Frank guardò più da vicino l'uomo che lo aveva schernito. La sua maglietta intima era rossa e aveva delle scritte sopra. Metallica?

Che diavolo era un Metallica? Frank guardò di nuovo la ragazza. "Chi sono tutte queste persone dall'aspetto strano?"

"Questi?" La ragazza seguì il suo ampio gesto. "Beh, questi sono alcuni dei nostri clienti abituali. Vengono a prendere il caffè tutti i giorni".

Il caffè? Frank guardò dove c'era il bancone con il grande specchio sotto il dipinto di nudo. C'era affisso una specie di menu, tutto scritto in una scrittura decorativa che sua zia nubile usava per scrivere le sue lettere. Fece un'altra perlustrazione della stanza. *Folle.* "Perché questa gente è vestita così? Non vedevo così tanta pelle da quando ho beccato quella festa porno".

"Lei è un poliziotto?" Chiese la ragazza.

"No. Un investigatore, gumshoe".

Lei lo guardò in modo strano. "Mi scusi? Ha una gomma sotto le scarpe?"

Frank sollevò un piede per controllare la suola della punta. Non c'era nulla. Lei continuò a guardarlo con un cipiglio che le corrugava la fronte. Lui continuò a guardarla, chiedendosi cosa diavolo stesse succedendo. Lei era una cosina carina, occhi azzurri scintillanti, capelli che brillavano d'oro alla luce; quel cipiglio era l'unica cosa che rovinasse una pelle impeccabile. Nessun segno di strane antenne. "Vieni da qualche altro pianeta che non conosci il termine Gumshoe?"

"No signore. Io sono di Chicago. Nata e cresciuta. E non ho idea di cosa stia parlando".

Frank tirò fuori il portafoglio e le mostrò la sua patente. "Sono un investigatore privato".

"Oh, un investigatore privato". Un sorriso sostituì il suo cipiglio. "Sta seguendo un caso? Posso aiutare? Ho sempre voluto essere un'investigatrice privata. Suona così... sa... drammatico... eccitante... avventuroso".

"È lavoro, ragazza. Puro e semplice. Avanti e indietro sui marciapiedi per cercare di rintracciare questo o quell'altro furbacchione".

"Sta seguendo qualcuno, adesso?"

"Sì. Paul Ricca. Lo chiamano Il Cameriere. Ho sentito che si incontrava con Johnny Roselli per fare degli affari. Portare i loro affari di estorsione da Hollywood a Chicago. Non possiamo permetterlo".

"Il nostro cameriere è Todd, e non ho mai sentito parlare di un Johnny Roselli". La ragazza alzò un'anca. "Questa è una bella caffetteria tranquilla. Quindi è meglio che prenda le sue sciocchezze e se ne vada".

Frank diede un'altra occhiata in giro, poi alzò le spalle. Che diavolo. Non stava concludendo niente, in questo posto. Forse, se fosse uscito e rientrato, si sarebbe ritrovato al posto giusto. Fece un cenno di saluto alla ragazza e si girò per dirigersi verso la porta.

La ragazza fece cenno a un uomo a un tavolo in fondo. Lui tirò fuori un cellulare e fece una chiamata.

Fuori, Frank si fermò per fumare una Lucky e accese un fiammifero. Aveva appena toccato la fiamma all'estremità della sigaretta, quando sentì un movimento improvviso alle sue spalle. Si girò, ma non fece in tempo a vedere cosa lo colpì. Cadde sul marciapiede, la sigaretta gli scivolò dalle labbra e rotolò sull'asfalto lasciando una scia di scintille. Non riusciva a capire se l'oscurità fosse il cielo notturno privo di stelle o l'incoscienza che lo travolgeva.

Il suo ultimo pensiero fu: quei maledetti tizi di Hollywood. Cosa non farebbero per beccare un uomo.

OLTRE LA CREPA NEL MARCIAPIEDE

OLTRE IL MARCIAPIEDE rovinato e il palo del telefono con strati di volantini, in un arcobaleno di colori, e la macchia di erba marrone secca, c'era un muro di blocchi di cemento alto tre metri, ricoperto da dozzine di mani di vernice, rosse che sanguinavano nel blu con strisce di giallo che aggiungevano riflessi come raggi di sole. Un piccolo santuario si trovava ai piedi del muro; candele bruciate giacevano ai lati, in mezzo a grappoli di fiori marroni appassiti e qualche orsacchiotto a brandelli. Una parola in graffiti riempiva il muro, lettere rosse su uno sfondo dorato: Gioite!

Con la punta delle dita, Hannah tracciò le lettere. Gioire? Cosa c'era da gioire? Dovremmo essere felici che Carlos non c'è più? Felici che sia in cielo? È quello che aveva detto il prete al funerale. Hannah era rimasta scioccata. In nessun modo sarebbe stata felice che Carlos fosse in cielo. Solo il suo amore per Carlos le aveva impedito di scappare dalla chiesa di San Vincenzo, il giorno in cui si supponeva che avessero messo a riposo il suo corpo e la sua anima. L'anima di qualcuno è mai stata tranquilla? In pace?

Qualcuno potrebbe pensare che non ci si possa innamorare in un solo giorno, ma Hannah credeva che potesse succedere. Sapeva che Carlos esisteva da più tempo, ma lo aveva amato solo per un giorno. Lui l'aveva avvicinata per la prima volta poco più di un anno fa, quando lei stava cercando di prendere del cibo da un cassonetto, dietro il ristorante messicano di Main Street. Lei era bassa. Lui era alto, e si allungò facilmente a prendere l'ultimo sacco della spazzatura che poteva contenere qualche patatina che non fosse gommosa per la salsa versata. Le patatine che ancora scricchiolavano erano sempre meglio delle enchiladas fredde, avanzi mollicci.

"Ecco". Le aveva dato un sacchetto di carta macchiato di grasso. "Sembra che tu ne abbia bisogno".

Senza rispondere, aveva preso la busta e si era allontanata. La sua amica Angie aveva messo in guardia Hannah sugli uomini a cui piaceva approfittare delle ragazze senza tetto. Gli uomini che sarebbero stati così amichevoli, così affascinanti e gentili per prepararle al sesso e al traffico di sesso. Quindi, anche se questa persona – questo ragazzo che a malapena poteva essere chiamato uomo – non sembrava pericoloso, Hannah non voleva correre rischi.

Pochi giorni dopo, il ragazzo era scomparso. Non aveva mai saputo il suo nome. Dopo che erano passati diversi mesi senza che lei lo vedesse al rifugio di St. Vincent o in qualsiasi altro posto sulle strade, dove i ragazzi senzatetto si riunivano nella speranza di ottenere un po' di elemosina, pensò che si fosse trasferito in un'altra città.

Poi un giorno era tornato.

Era seduta sul pendio roccioso che portava a un piccolo torrente. Era attraversato dal cavalcavia dell'autostrada che portava fuori da Pine Tree, Missouri, e lei stava a una discreta distanza da un gruppo di altri ragazzi. Non li conosceva, ed era meglio ignorarli, soprattutto quando gli effetti dell'alcool o della droga li rendevano un vero pericolo per qualcuno da solo. Sentì alcuni di loro chiamare, e si voltò per vedere il ragazzo che si avvicinava agli altri. "Ehi, Carlos", chiamò un adolescente robusto. "Come va?"

Hannah lo guardò mentre si scambiava un paio di cinque e pensò che il nome dal suono spagnolo fosse adatto al ragazzo.

Carlos, che non era ancora un uomo, era alto e muscoloso e aveva occhi del colore dell'ebano e capelli in tinta. In un anno intero non aveva mai dimenticato quegli occhi profondi e scuri. Alla fine, lui si fece strada verso di lei. Lei vide un luccichio bianco mentre lui le rivolgeva un sorriso. "Posso stare un po' qui?"

Non del tutto pronta a fidarsi di questo ragazzo dai perfetti denti bianchi e dalle guance lisce di una ricca tonalità di terra di Siena bruciata, annuì ma non disse nulla. Si strinse addosso la sua giacca di jeans macchiata, in parte come protezione dal freddo autunnale e in parte per creare una barriera tra sé e qualcuno che la spaventava e la intrigava in egual misura. La maggior parte dei ragazzi che aveva incontrato da quando era arrivata qui da St. Louis, due anni fa, non aveva buoni denti. Infatti, probabilmente non erano mai stati dal dentista nelle loro brevi e miserabili vite. Allora come aveva fatto un ragazzo che aveva un sorriso talmente perfetto a finire qui? Si accovacciò accanto a lei e tirò fuori da una tasca del suo bomber strappato un sacchetto marrone macchiato di grasso. "Ho trovato altre patatine". Mostrò il sacchetto.

Si era ricordato. Dopo tutto questo tempo, si era ricordato, ma questa volta lei non accettò l'offerta. Oggi non moriva di fame. Era solo affamata. Poteva rifiutare il cibo da un estraneo.

Carlos non sembrò preoccuparsi. Inoltre, non se ne andò. Sistemandosi in una posizione più comoda, aprì il sacchetto e cominciò a sgranocchiare le patatine. "Sono Carlos. Immagino che tu abbia sentito". Gesticolò vagamente verso i ragazzi che lo avevano chiamato per nome. "Mi ricordo di te. Un anno fa, forse? Sono dovuto partire. Sono appena tornato".

Commenti brevi e semplici che stuzzicavano la curiosità di Hannah. Dove era andato e perché era tornato? Come se stessero avendo una vera conversazione e lei avesse risposto ad alta voce, Carlos fornì le informazioni. "La mia famiglia è... beh, difficile. Ma pensavo di poterli gestire. Mia madre, uh, mi urla sempre contro. Papà ignorava lei e me. Così, sono tornato per un po'. Ma è stato ancora peggio. Odiavo l'idea di andarmene di nuovo, ma non riuscivo a sopportarlo. Dicono che lo stress non faccia bene, vero?"

Lui le offrì un sorriso, ma lei non ricambiò. Un lampo di rabbia la sorprese. Non doveva giudicare. La storia di ognuno era diversa, ma davvero? Scappare perché sua madre urlava e suo padre lo ignorava?

Dio, avrebbe dovuto essere entusiasta di essere ignorato.

Hannah sarebbe stata entusiasta di essere ignorata.

Carlos tese di nuovo il sacchetto, e lei allungò la mano per prendere diverse patatine. "Qual è la tua storia?" chiese lui.

Lei lo guardò, riflettendo, poi scosse la testa.

"Non vuoi parlare, eh? Mi sta bene".

Rimasero seduti per un po', mentre le risate del gruppo di ragazzi a poca distanza si facevano a volte rumorose e sguaiate, poi più leggere, come la marea che va e viene. Anche l'ondata di rabbia di Hannah diminuì, e la tensione del silenzio tra lei e Carlos si allentò. Guardò per un momento il suo viso, poi distolse rapidamente lo sguardo. Doveva parlare con questo ragazzo? Una parte di lei voleva farlo. Fargli vedere cosa fosse davvero così orribile da portare qualcuno sulla strada. Eppure, esitò. Lui voleva davvero sapere cosa l'avesse portata in questa piccola città in mezzo al nulla?

Forse lo sapeva, ma non era sicura di volerglielo dire.

L'ultima persona con cui si era aperta, il suo consulente scolastico, non le aveva creduto su quello che il suo patrigno aveva fatto. Ci erano voluti mesi di agonia per trovare il coraggio di andare dal consulente, e lui le si era rivoltato contro. Aveva chiamato i suoi genitori. Naturalmente Allen, con i suoi sorrisi, il suo fascino e la sua finta innocenza, aveva mentito sul fatto di averla toccata e violentata.

Dio, anche nella sua mente, Hannah odiava dire quelle parole. Odiava pensare ad Allen. O la scena a casa, più tardi, quando sua madre le aveva fatto piovere addosso una raffica di parole talmente offensive da inchiodare Hannah al pavimento per diversi minuti. Sua madre aveva davvero creduto che Hannah lo avesse sedotto. Che orribile cliché. Se Hannah non fosse stata così stordita, avrebbe potuto ridere.

"Sei una stronza sprovveduta". Hannah aveva scagliato le parole contro sua madre come freccette, prima di voltarsi e correre nella sua stanza, sbattendo e chiudendo a chiave la porta. Era rimasta in camera sua per ore. Senza uscire o aprire la porta, anche quando Allen sbatté i pugni, gridandole di uscire. Il legno scricchiolava sotto i suoi pugni pesanti, e lei tratteneva il respiro, sperando che non sfondasse la porta.

La porta tenne. Così come la serratura.

Rimase rannicchiata sul letto finché non fu sicura che sua madre e Allen dormissero. Poi infilò un paio di camicie e un po' di biancheria nello zaino, aggiungendo il suo orsacchiotto all'ultimo minuto, prese i soldi e qualche oggetto personale e scappò.

Il biglietto dell'autobus per St. Louis costava venticinque dollari. Venticinque dai duecento che Hannah aveva risparmiato per un nuovo tablet, più i cinquanta che le aveva dato la sua amica Angie.

L'ultima chiamata che Hannah aveva fatto sul suo cellulare,

quella notte, era stata alla sua amica, che non aveva esitato a venire nel cuore della notte. Che non aveva esitato per i soldi. Che aveva capito quando Hannah aveva detto che probabilmente non sarebbero state più in contatto. Per molto tempo. Hannah aveva bisogno di essere lontana per essere al sicuro da Allen. È stato allora che Angie aveva avvertito Hannah dei pericoli della strada e l'aveva pregata di stare attenta. Di stare al sicuro.

Lasciare la sua amica era stata una delle cose più difficili che aveva dovuto fare. Seconda solo al distruggere il suo telefono per non essere rintracciata.

Hannah pensava che una volta arrivata in un posto lontano dall'Indiana, avrebbe trovato un lavoro e iniziato una nuova vita. Una che non includesse Allen o qualcuno come lui.

Finire senza casa in questo paesino fuori dalla grande città non faceva parte del piano che aveva condiviso con la sua amica, mentre erano sedute sulle altalene in quel parco tanto tempo fa. Ma, beh, sono cose che succedono. E i soldi erano finiti da un pezzo.

"Ti va di restare insieme?" Chiese Carlos.

Hannah si allontanò leggermente e lui ridacchiò. "Non ci sto provando con te. È che l'unione fa la forza". Fece un cenno verso il gruppo di ragazzi che si erano passati una bottiglia di vino e che ora ridevano più forte tra quelle che sembravano prese in giro. La tensione sfrigolava nell'aria come l'elettricità in un temporale. "Molto presto cominceranno a cercare il loro agnello sacrificale".

Hannah non aveva bisogno di chiedere cosa volesse dire. Aveva visto troppe volte gli ubriachi prendersela con i più deboli. Diavolo, Allen era un esempio perfetto. Lei era stata il suo agnello per troppo tempo. Dopo un attimo di esitazione, afferrò il suo zaino e prese la mano di Carlos. Lui afferrò il suo piccolo borsone con l'altra mano, e si arrampicarono su per il pendio verso l'autostrada.

Lontano dal pericolo.

Camminarono verso un parco e trovarono una panchina sotto alcuni alberi, abbastanza lontano dall'entrata del parco, forse non sarebbero stati disturbati. Lasciarono cadere le borse e si sedettero, entrambi in silenzio per un po', Hannah finì le patatine. "Vuoi restare qui?" Chiese Carlos. "Non farà troppo freddo stasera?" Hannah esitò così a lungo che aggiunse: "Non ti toccherò. Te lo prometto".

Richiudendo il sacchetto unto delle patatine, Hannah si diresse verso un cestino di metallo verde, usando il tempo per considerare una risposta. Voleva davvero stare con lui. E stranamente, non era così sicura di non volere che lui la toccasse. Quanto era strano? Qualche parola gentile e due sacchetti di patatine e lei era pronta ad essere una mantenuta. O una ragazza. Poteva essere una donna a sedici anni? Beh, forse se...

Felice che gli stesse dando le spalle, soffocò un piccolo sorriso. Non aveva idea di cosa stesse causando il suo treno selvaggio di pensieri. L'accenno di inverno nell'aria? La sua abissale solitudine? La possibilità che in Carlos ci fosse qualcosa di più delle parole?

Sicuramente non il tempo.

Gettò il sacchetto, si pulì le mani sui blue jeans sfilacciati e tornò alla panchina. Carlos sembrava indifferente al fatto che lei ci avesse messo così tanto a sbarazzarsi di un singolo pezzo di spazzatura, e le sorrise mentre prendeva posto accanto a lui. Lei rimase seduta lì per un paio di minuti in silenzio, poi rovistò nel suo zaino e tirò fuori il suo orsacchiotto. Abbracciò forte l'orsacchiotto a brandelli. "Se vuoi ancora sentire la mia storia, te la racconterò".

"Ok". La parola fu pronunciata dolcemente con l'incoraggiamento che la sosteneva.

Dopo un lungo momento, cominciò, lasciando uscire la storia, un mero rivolo all'inizio con una voce debole che non era abituata a dire così tanto in una volta sola. Poi le parole acquistarono forza man mano che le sue emozioni crescevano. Mentre il suo fiume di dolore scorreva, lei era solo parzialmente consapevole del braccio di lui intorno a lei. Timido all'inizio, poi forte e più saldamente protettivo. Lui non disse nulla. Non fece domande. La strinse e basta, mentre lei stringeva il suo orso, finché le parole e le lacrime non si placarono.

Aveva parlato fino a notte fonda, avvolgendola in parole di cura e impegno. Parole che la fecero sentire al sicuro per la prima volta dopo anni. E parole che raccontavano l'orribile verità della sua storia. Quanto si era sbagliata sulla sua prima rivelazione che aveva sorvolato su qualcosa di molto peggio.

Alla fine, si addormentò, sentendosi al sicuro per la prima volta dopo anni.

Il sole aveva a malapena intaccato l'oscurità, quando Hannah sentì qualcosa muoversi sotto la sua testa e si svegliò all'istante, prendendosi un momento per ricordare dov'era e chi stava usando come cuscino. Sicuramente non il suo orsacchiotto. Si alzò bruscamente a sedere.

"Ehi, non volevo disturbarti". Disse Carlos. "Vado a prendere la colazione".

"Vuoi che venga con te?" Chiese Hannah. Non perché si chiedesse se lui intendesse la colazione per entrambi. Dopo ieri sera, lo sapeva. Questo ragazzo/uomo si sarebbe preso cura di lei, e per la prima volta da quando aveva speso il suo ultimo centesimo e ancora non aveva un lavoro ed era finita senza casa, aveva un barlume di speranza che le cose sarebbero andate bene.

Si scrollò le spalle nel suo giubbotto che aveva dei buchi

strappati sulle maniche. "No. Porterò uova, pancetta, toast e patate fritte".

Lei non riuscì a nascondere la sua impazienza e lui rise. "Davvero. Vorrei poterlo fare. Ma prenderò quello che riesco a trovare". Lui le toccò la guancia con la punta delle dita. "Aspettami qui".

Hannah lo fece. Aspettò quasi due ore, abbracciando il suo zaino sporco e cercando di reprimere la paura che era iniziata come una piccola irritazione dopo la prima mezz'ora, ma che era diventata un inferno. Non stava tornando? Era stata ingannata? Di nuovo? Non intendeva dire quelle cose che aveva detto ieri sera? E stamattina? Era stata tutta una bugia?

La rabbia si scontrò con la preoccupazione, e poi una sirena che urlava in lontananza ruppe la battaglia delle emozioni. Lei ascoltò mentre il riverbero si avvicinava. Sembrava che stesse scendendo lungo la strada sul lato sud del parco.

La strada che era delimitata dall'alto muro di cemento dove i ragazzi dipingevano graffiti.

La strada che ospitava i ristoranti dove a volte si poteva strappare del cibo semi-fresco dai cassonetti.

Saltando in piedi, Hannah corse attraverso il parco, con i rami bassi degli alberi che la colpivano in faccia mentre sfrecciava lungo il sentiero. Raggiungendo la strada, si fermò di botto alla vista delle luci rosse e blu di un'ambulanza e di diverse auto della polizia che si muovevano di traverso sulla strada. Si avvicinò a un paio di altri ragazzi che aveva riconosciuto dal St. Vincent. "Cos'è successo?"

"Hanno sparato a un uomo", disse una ragazza. "Vicino al ristorante". Gesticolò in fondo alla strada. "Non sanno come sia riuscito a tornare qui al muro. Sembra che sia morto".

Hannah si spostò per vedere meglio e vide un bomber. Quello con le maniche lacerate e strappate.

A terra.

Sul corpo, a terra.

Cominciò a correre dall'altra parte della strada, ma braccia forti la afferrarono. "Non farlo", disse una profonda voce baritonale, "se non vuoi essere scoperta, vattene. È solo Carlos".

È solo Carlos? Dio! Si girò e vide Joseph, un ragazzo più grande che era spesso al rifugio. Come poteva dire questo? Il dolore trafisse Hannah così forte e profondo che si piegò in due. Voleva urlare. Colpire qualcuno. Correre. Fare qualcosa, qualsiasi cosa per allontanare il dolore. Ma sapeva che non avrebbe dovuto fare nessuna di queste cose. Joseph aveva ragione. Non poteva rischiare di attirare l'attenzione delle autorità, così si voltò e tornò indietro attraverso il parco, lasciando che le lacrime le scendessero come un fiume caldo sulle guance.

Con il petto gonfio per lo sforzo e l'emozione, Hannah si fermò sulla panchina dove avevano passato la notte; Carlos l'aveva tenuta contro di sé, il suo calore penetrava i sottili strati dei suoi vestiti. L'aveva fatta sentire al sicuro. Confortata. Quasi felice. Dove lui le aveva detto che sarebbe stato suo amico. Per sempre, se lei avesse voluto. E che si sarebbe assicurato che nessuno le facesse mai più del male.

Ora lui se n'era andato e così la sua speranza.

Hannah si sedette per riprendere fiato. Aprì il suo zaino per prendere uno straccio per pulirsi il viso devastato e vide il suo orso; il logoro orsacchiotto marrone con un occhio mancante. Era l'unica cosa che le era rimasta che la collegava a un'infanzia buona. Il tempo spensierato prima che suo padre morisse. Prima di Allen. Strofinò il morbido tessuto dell'orecchio dell'orso e cercò di raddrizzare il nastro giallo che era diventato un pasticcio stropicciato e aggrovigliato per essere stato infilato nello zaino, tirato fuori e rimesso dentro così tante volte. L'orso era stato il suo conforto durante tutti i giorni, le settimane e i mesi di incertezza e pericolo mentre viveva per strada.

Poi era arrivato Carlos.

———

Tre giorni dopo, un SUV rosso scintillante si fermò e parcheggiò accanto al muro di cemento. La donna al posto di guida aprì la portiera, ma non scese. Anche se il suo viso era in ombra, Hannah ebbe la sensazione che la donna fosse triste. C'era qualcosa nel modo in cui si era allontanata dal sole e aveva appoggiato il peso delle mani sul volante; qualcosa nella sua silenziosa compostezza. Dal suo punto di osservazione dall'altra parte della strada, Hannah la vide sporgersi dal finestrino e allungare la mano verso una delle candele bruciate.

Dopo essere rimasta inattiva per diversi minuti, la signora si allontanò lentamente. Hannah aspettò qualche minuto, poi si avvicinò al muro, si accovacciò e raddrizzò il suo orso che era caduto di lato. Non sapeva perché avesse deciso di mettere lì l'orso. Il gesto non aveva portato sollievo all'orribile, straziante dolore che minacciava di farla a pezzi, ma aveva ceduto all'impulso.

Hannah si recava ogni giorno al muro di granito, pulendo i fiori morti e risistemando le candele e gli altri animali di peluche lasciati lì. Si aspettava sempre di vedere la donna nell'auto rossa, ma passò un'intera settimana prima che tornasse. Questa volta la signora scese dal veicolo, portando dei fiori che mise accanto agli altri ricordi. Questa volta Hannah si avvicinò per mettersi accanto a lei. Per diversi momenti la donna non riconobbe la presenza di Hannah, ma poi si voltò verso di lei. "Conoscevi mio figlio? Carlos?"

Hannah incontrò gli occhi della donna e annuì.

"Come ti chiami?"

Interrompendo il contatto visivo, Hannah non rispose. Sulle strade il tuo nome era protetto con la stessa ferocia del tuo zaino. Se la gente avesse conosciuto il tuo nome, avrebbe potuto venderlo ai poliziotti al prezzo di un lasciapassare per una piccola retata di droga. Poi i poliziotti avrebbero chiamato i genitori. Forse. Ma se lo avessero fatto, Hannah poteva finire di nuovo con sua madre e Allen. Non che Hannah pensasse davvero che quella donna le volesse male, ma gli anni passati per strada le avevano insegnato a essere prudente.

Hannah aveva già intuito che quella donna era sua madre. Quella da cui Carlos era scappato, ma non corrispondeva all'immagine mentale che Hannah si era formata quando lui aveva condiviso la verità della sua storia. Sul bere. Sugli abusi. Sugli approcci inappropriati. Prima di sentirlo, Hannah non aveva mai pensato a un uomo, o a un ragazzo, abusato sessualmente, ma certamente forniva un motivo più forte per scappare che fuggire da una madre che urlava troppo. E aveva capito perché lui aveva nascosto così a fondo le sue vere motivazioni.

"Quanto eravate vicini? Tu e Carlos?" La domanda riportò Hannah al momento, e lei scrollò le spalle. Poi la donna disse. "Ti ho vista al funerale. Quando ti sei fatta avanti per porgere i tuoi rispetti. Dal tuo contegno, sembrava che tu lo conoscessi più che casualmente. Non è qualcosa che puoi semplicemente scrollarti di dosso".

"Che importanza ha?" Hannah fissò la donna, la sua rabbia nel sapere cosa aveva fatto a suo figlio alimentava la rabbia per l'ingiustizia della sua morte. "Lui non c'è più. L'abbiamo perso entrambe. E comunque cosa te ne importa. Non è che tu lo amassi. Almeno non nel modo giusto".

Lo schiaffo fu rapido e doloroso, lasciando la guancia di Hannah pizzicare. Si fissarono per un breve momento, poi la madre corse verso il suo SUV, salì e si allontanò dal marciapiede, lasciando una striscia nera sul cemento e l'aroma pungente di gomma bruciata nella sua scia. Hannah si toccò la guancia con le dita, chiedendosi se meritasse il rimprovero fisico. Poi si mise a ridere; una risata che presto si trasformò in singhiozzi da strapparsi le budella.

Si dondolava e piangeva, finché una mano non le toccò la spalla. Lei trasalì, scrollandosi di dosso il tocco. Si avvicinò di nuovo e lei alzò lo sguardo. Era Joseph. "Andiamo", disse lui. "Farà freddo stanotte. Vieni al rifugio".

Sapendo che aveva ragione, lo seguì, rimanendo un po' indietro per evitare di dover parlare. Lei non voleva parlare. Anche quando i bambini venivano al piccolo santuario, lei non voleva parlare. Non voleva condividere abbracci. Le offerte di compassione minacciavano di incrinare la facciata che cercava disperatamente di mantenere. Se si rompeva, se lei si rompeva, non era sicura di potersi rimettere insieme. Sarebbe finita come Humpty Dumpty; a pezzi.

Hannah aveva evitato il rifugio della chiesa di San Vincenzo dal giorno del funerale. Non voleva trovarsi nello stesso posto con il prete che aveva detto tutte quelle cose su una persona che era felice in paradiso, e che aveva continuato a insistere che tutti dovevano rallegrarsi che la persona che amavano fosse ora lì con Dio. Hannah non sapeva nemmeno se Carlos credesse a tutte quelle stronzate. Il paradiso, e tutto ciò che rappresentava, era un concetto difficile per chi stava vivendo il peggior tipo di inferno qui sulla terra.

Lei lo sapeva.

Hannah finì lo stufato che era stato fornito dai volontari del rifugio e riportò la ciotola vuota al lungo bancone di metallo, dove una signora anziana con i capelli blu appiattiti da una retina stava prendendo i piatti sporchi. Lei, come la maggior parte degli altri volontari, era abbastanza gentile, ma la donna sorrideva troppo e faceva troppe domande, soprattutto se Hannah avesse abbastanza sapone o se potevano chiamare i suoi genitori. Prima che il sorriso di questa donna potesse trasformarsi in una domanda, Hannah si voltò velocemente, solo per fermarsi brevemente quando vide due agenti di polizia in uniforme entrare dalla porta, una giovane donna e un uomo di colore più anziano. Lui esclamò: "Abbiamo bisogno di parlare con chiunque fosse sulla scena della sparatoria sulla Terza Strada la scorsa settimana".

Nessuno rispose, e Hannah sentì una mano sul braccio. Si voltò per vedere Joseph, che iniziò a ricondurla al tavolo, sussurrandole all'orecchio di stare calma e di non guardare la polizia. Hannah tenne lo sguardo basso e si sedette accanto a Joseph. Poi sentì una presenza accanto a loro e gettò uno sguardo per vedere degli stivali lucidi e il fondo dei pantaloni blu. "Lei, signorina, ha visto la sparatoria?" La domanda proveniva dall'ufficiale maschio.

Hannah tenne lo sguardo basso e scosse la testa. Poi lui chiese quanti anni avesse. Prima che Hannah potesse rispondere, Joseph disse all'uomo che quella era sua sorella minore. Poteva garantire per lei. In risposta alla domanda sul perché si trovasse così spesso in quel luogo di commemorazione, anche il defunto era un parente? Joseph disse: "No. Solo un amico. E mia sorella qui, beh, è una maniaca dell'ordine. Le piace riordinare tutto".

Nel silenzio che seguì, Hannah osò guardare direttamente l'ufficiale, sperando che si bevesse la storia di Joseph. A quanto pare era così, ma con un pizzico di riserva. L'ufficiale rivolse a entrambi uno sguardo indagatore, poi gli consigliò di trovare i loro genitori e di togliersi dalla strada. Hannah non rispose, ma Joseph sorrise e annuì. "Sì, signore, agente. Grazie, agente".

Hannah diede una gomitata a Joseph per farlo smettere prima che rovinasse tutto. Lui era riuscito a tirarla fuori da un potenziale pasticcio e lei gliene era grata, ma non voleva che il poliziotto riconsiderasse la sua decisione di andarsene. Quando lui non si fermò, sussurrò un grazie a Joseph. Poi lo scrutò a lungo, chiedendosi se dovesse allinearsi con lui, per sicurezza. Ma, no. Era più vecchio, più duro di Carlos, e si diceva che si drogasse. Anche se Joseph sapeva parlare con la polizia, Hannah doveva tenerlo a distanza. Una buona distanza. Aveva fatto una promessa ad Angie e a se stessa. Niente droghe. L'avrebbero solo portata in un buco molto buio. Uno molto peggiore di quello in cui si trovava ora.

Quando passarono due settimane senza alcun segno della donna, Hannah pensò che forse non sarebbe tornata. Dopo l'ultimo incontro, Hannah aveva tirato fuori dallo zaino il programma del funerale e aveva letto quello che non era riuscita a leggere il giorno in cui era stato sepolto: Carlos Ramirez, amato figlio di Marie e Franco Ramirez. Eppure, Hannah resisteva a usare il nome della donna. Era più facile pensare a lei come una persona senza nome. Una persona con un nome non era in grado di commettere gli atti orribili che Carlos aveva subito. Almeno, questo era il modo in cui funzionava nella mente di Hannah.

In una giornata grigia e tetra che minacciava neve, Hannah rabbrividì per il freddo mentre eliminava bicchieri vuoti, pezzi di carta e altri detriti che erano volati nel santuario. Poi sentì il rumore delle gomme sul marciapiede dietro di lei. Si guardò alle spalle e vide la figura familiare emergere dal veicolo rosso. Continuando a sistemare le candele e gli orsi, Hannah non alzò lo sguardo quando la donna si fermò accanto a lei, rimanendo in silenzio davanti al memoriale improvvisato per diversi minuti. Quando la donna finalmente parlò, le parole le uscirono di bocca come bambini tenuti in casa troppo a lungo che scappano da una casa. "Quando Carlos se n'è andato l'ultima volta, è stata la spinta di cui avevo bisogno. Sono andata in riabilitazione. Ho iniziato la terapia. Sto cambiando. Volevo trovarlo. Dirglielo. Ma il consulente mi ha suggerito di aspettare finché non fossi stata un po' più stabile".

Lei emise un grido strozzato. "Ho aspettato troppo a lungo".

"Beh, che tristezza". Hannah si alzò e si girò verso la donna, che le lanciò uno sguardo sorpreso e aprì la bocca per parlare. Qualunque cosa stesse per dire, Hannah sapeva che sarebbe stato qualcosa del tipo: "Come ti permetti?

Beh, osò molto in quel momento. "Mi racconti questa triste storia e io dovrei dispiacermi per te? E Carlos? E la sua storia?"

Il colore sparì dal volto della donna. "Quanto sai?"

Hannah trattenne la sua risposta. Lascia che la donna soffra.

Hannah non aveva intenzione di soddisfare la curiosità della donna, o il suo evidente bisogno di una sorta di dolore condiviso. Se davvero era quello che stava cercando di ottenere. Altrimenti, perché continuava a tornare? Di nuovo qui, non era il suo posto. Questo era il posto dove Hannah poteva riunirsi con gli altri ragazzi di strada che avevano conosciuto Carlos. Che la donna si riunisse con i suoi amici. Se ne aveva.

Hannah si allontanò ed evitò di proposito la donna. Quando fu al muro e vide l'auto rossa avvicinarsi, se ne andò. Poteva tornare più tardi per pulire il luogo della commemorazione. Hannah era sempre un po' sorpresa ogni volta che vedeva la donna dopo l'ultima volta che avevano parlato. Pensava che la donna si sarebbe arresa, ma non era così, e Hannah continuava a chiedersi perché. Se la donna sperava ancora di stabilire una qualche connessione, beh, poteva scordarsi quell'idea. Non c'era modo per Hannah di alleviare il senso di colpa della donna offrendo compassione. Che marcisse all'inferno.

Poi un giorno la donna la sorprese arrivando a piedi. Hannah stava raccogliendo delle candele bruciate e non vide la donna finché non le fu quasi accanto. Lasciò cadere le candele e cominciò ad allontanarsi. "Aspetta", chiamò la donna. "Per favore. Ascoltami e basta".

Hannah rallentò i suoi passi, poi si fermò, ma non si voltò.

"Grazie per esserti presa cura di mio figlio. E, beh, per esserti presa cura di questo posto".

Hannah non rispose, ma le parole ammorbidirono un po' la sua rabbia e le lacrime le salirono agli occhi. Tuttavia, questo non sarebbe stato un momento alla Hallmark. Non si sarebbe precipitata tra le braccia di questa donna, con un lieto fine.

"Beh, è tutto quello che volevo dire".

Hannah sentì dei passi svanire dietro di lei. La donna se ne stava andando. Bene. Forse non sarebbe tornata. Forse aveva smesso di comportarsi come se le importasse davvero. Hannah si asciugò una lacrima che aveva osato sfuggirle dall'occhio, felice che la donna non fosse lì a vedere quel segno di debolezza.

Il tardo autunno si trasformò in inverno e la sopravvivenza sulle strade divenne sempre più difficile. Hannah era riuscita a strappare un gilet trapuntato da una recente donazione alla St. Vincent, ma quello e la sua giacca di jeans non fornivano molta protezione dal freddo che le penetrava in profondità nelle ossa e le lasciava le dita screpolate e infiammate. Eppure, andava al muro quasi tutti i giorni, e non vide mai più la donna. A volte, quando lasciava che una piccola parte del suo cuore si ammorbidisse, si chiedeva se la donna avesse mai trovato la pace. Se qualcuno in questo mondo miserabile avesse mai trovato la pace.

I giorni e le settimane passarono in un turbinio di tentativi di trovare cibo e di cercare di mantenere il memoriale per Carlos il più ordinato possibile.

Quel giorno, Hannah stava al muro, rabbrividendo per il freddo, nascondendosi le mani sotto le ascelle per tenerle al caldo. Tutti i fiori erano morti da settimane, e nessuno ne aveva portati altri. Probabilmente perché non ce n'erano da raccogliere nei parchi, e chi poteva comprare fiori quando non poteva comprare cibo? Guardò la crepa nel marciapiede. Era diventata più profonda, più larga, come se qualsiasi cosa fosse rimasta del suo amico potesse finalmente scivolare attraverso e sfuggire al dolore, alla disperazione di coloro che venivano qui. "Carlos", sussurrò, "non so cosa fare. Non posso sopravvivere un altro inverno per strada. Ti prego. Se c'è qualche frammento del tuo spirito qui, aiutami".

Poi iniziò a scendere la neve. Morbidi, deliziosi fiocchi che scendevano lentamente, e Hannah sollevò il viso per lasciare che le coprissero le guance, il naso e la fronte. Si ricordava di averlo fatto da bambina. Quanto le piaceva farlo. Giocare fuori con sua madre e suo padre, prendere i fiocchi di neve sulla lingua e costruire pupazzi di neve; uomini e donne e bambine. Era possibile riconquistare la pace e la gioia che la famiglia aveva condiviso allora? Prima che lui morisse e la sua vita diventasse un inferno?

Cosa ci sarebbe voluto?

Una semplice telefonata? È quello che diceva sempre quella signora dai capelli blu al St. Vincent. Chiama i tuoi genitori. A loro importa. Chiamali.

Hannah considerò le parole che aveva sentito con ogni porzione di polpettone e purè di patate. "La tua mamma e il tuo papà ti vogliono bene, tesoro, chiamali e basta".

Avrebbe dovuto?

E se Allen fosse stato ancora lì? E se non fosse cambiato nulla?

Per diversi minuti Hannah rimase assolutamente immobile, lasciando che la neve la coprisse con grandi e morbidi fiocchi mentre rifletteva. Poi si voltò e si diresse verso il rifugio e il telefono.

Se avesse risposto Allen, lei avrebbe riattaccato. Se avesse risposto sua madre e Allen era ancora lì, avrebbe riattaccato. Una cosa che Carlos le aveva insegnato era che è stupido tornare a ciò da cui si è scappati la prima volta.

Sarebbe tornata indietro solo se fosse stato un posto sicuro.

Caro lettore,

Speriamo che leggere *Oltre La Crepa Nel Marciapiede* ti sia piaciuto. Per favore, prenditi un attimo per lasciare una recensione, anche breve. La tua opinione è molto importante.

Saluti

Maryann Miller e il team Next Chapter

SULL'AUTORE

Maryann Miller è una premiata autrice di numerosi libri, sceneggiature e opere teatrali. Ha iniziato la sua carriera professionale come giornalista, scrivendo articoli, racconti e narrativa breve per pubblicazioni regionali e nazionali. Alcuni dei premi che la Miller ha ricevuto per la sua scrittura sono il Page Edwards Short Story Award; il New York Library Best Books for Teens Award; il primo posto nel concorso per racconti e sceneggiature alla Houston Writer's Conference; il piazzamento come semifinalista al Sundance; e il piazzamento come semifinalista al Chesterfield Screenwriting Competition.

Stalking Season, il secondo libro della sua Seasons Mystery Series è stato scelto per il premio John E. Weaver Excellence in Reading per Police Procedural Mysteries. *Doubletake*, è stato premiato come Miglior Mistery del 2015 dalla Texas Association of Authors.

I titoli precedentemente pubblicati con Next Chapter sono: **Evelyn Evolving**, **Una piccola vittoria** e Miller può essere trovata alla sua

web:
http://maryannwrites.com/

Twitter:
https://twitter.com/maryannwrites

Facebook:
https://www.facebook.com/Maryann-Miller-176896965725974/

Oltre La Crepa Nel Marciapiede
ISBN: 978-4-82411-365-8

Pubblicato da
Next Chapter
1-60-20 Minami-Otsuka
170-0005 Toshima-Ku, Tokyo
+818035793528

10 novembre 2021

www.ingramcontent.com/pod-product-compliance
Lightning Source LLC
LaVergne TN
LVHW091617170726
843492LV00007B/2469